KB085158

여 생,
너와 나의 이야기

우리가 서로를
뭐라고 부를 수 있을까

: 숫뚜

나에게는 간단명료하게 한 단어로 정리할 수 없는 친구가
하나 있다. 단순히 친한 친구라고 하기엔 그 이상의 존재. 피가
섞이진 않았지만 가족보다 가까운 존재. 나같이 자기중심적인
사람이 베베 다음으로 신경 쓰는 존재.

세상 모든 게 즐겁고 새로웠던 스무 살의 나와 스물한 살
의 그 친구는 어느새 서른을 바라보는 나이가 됐다. 이 책에서
나는 그 친구를 히조 언니라고 칭할 것이다. 히조 언니 앞에서

나는 어느 때보다 편해질 수 있으며 어느 때보다 약해질 수도 있다. 그는 나에게 언니이자 친구이고, 가족이며 조언자이다.

우리가 처음 만난 건 대학에서였다. 하루빨리 친한 무리를 만들려고 서로에게 적극적으로 다가가 말을 건네는 발랄한 신입생들 사이에서 나는 쭈뼛거렸다. 그러다 어느 수업 시간에 한 동기가 내 앞으로 누군가를 데려왔다.

"인사해 여기는 희주 언니. 여기는 해리."

우리는 그렇게 만났다. 그 동기가 왜 갑자기 우리 둘을 인사 시켰는지는 모르겠지만 우리는 얼떨결에 같은 책상에 앉아 수업을 들었다. 그 당시 두꺼운 청자켓이 유행이었는데, 그날 나도 히조 언니도 비슷한 청자켓을 입고 있었던 게 기억에 남는다.

철없던 나는 대학 생활에 적응하기 힘들다는 이유로 히조 언니에게 대리 출석을 맡기고 수업을 빼먹기 일쑤였고, 거절을 못 하는 착한 히조 언니는 내 이름에 한 번, 언니 이름에 한 번 대답을 하고 강의실을 빠져나오곤 했었다. 서로 짜여진 시간표가 달랐고, 나는 수업을 잘 나오지도 않았으니 우리가 학교에서 같이 보내는 시간은 절대적으로 많지 않았지만 딱히 다른 친구가 없었던 우리는 하루하루를 거듭하며 친해질 수밖에 없었다. 그러다 같이 휴학을 했고, 같이 여행을 떠났고, 같이 술을 마셨다. 지독히도 길고 힘들었던 대학 생활을 버티게 해준 건 그 무엇도 아닌 히조 언니라고 단언할 수 있다.

몇 년이나 지난 얘기지만 아직도 술이 취했을 때 술자리에서 하는 이야기가 있다. 대학교 1학년 때 우리는 교통비가 없어서 학교를 오가는 것도 걱정을 해야 할 만큼 가난했는데, 교통비가 없으니 당연한 수순으로 식비도 없었다. 동기들이 공강마다 우르르 카페에 몰려가서 커피를 사 마시는 게 부러웠지만 메뉴에서 우리가 가진 돈으로 마실 수 있는 건 기껏 해봐야 아메리카노 뿐. 커피 맛을 하나도 모르면서, 우린 쓰디 쓴 아메리카노에 시럽을 대여섯 번씩 펌핑해 마셨다.

어느 날은 내가 돈이 없어서 저녁을 먹지 못할 상황이었는데 언니가 그걸 눈치채고는 내게 말했다. 치킨이 먹고 싶은데 혼자 먹기는 양이 많으니 자기가 치킨을 시키면 같이 나눠 먹자고. 나도 숨은 뜻을 단박에 눈치챘지만 모르는 척 그렇게 했다.

나에게 이 사건은 두고두고 기억에 남을 만큼 고마운 일이어서 아직까지도 입에 올리지만 언니는 이제 그만 좀 말하라며 무안해한다. 아마도 이 글을 보면 나에게 또 그 얘기를 썼냐며 타박을 하겠지. 우리는 이런 시간들을 함께 보냈다. 같이 울고, 같이 웃고. 서로의 나쁜 일과 좋은 일을 모두 함께했다. 나는 우스갯소리로 4천만 원이 훌쩍 넘는 대학 등록금을 내고 얻은 건 전공 지식도, 학벌도, 좋은 취업자리도 아닌 히조 언니뿐이라고 말한다. 수없이 많은 날이 지난 지금까지도 우리는 여전히 가끔 상대에게 신세를 지고, 고마워하고, 미안해하며 가장 가까운 관계로 지낸다.

우리는 어쩌다가, 그리고 왜 이렇게 친해졌을까? 물론 일일이 열거할 수 없는 갖은 이유가 있지만 난 그 첫 단계가 너무도 비슷했던 우리의 인생이라고 생각한다. 우리는 혼자 견디기 어려울 만큼 힘든 시기에 누가 점찍어 준 것처럼 딱 마주쳤고, 깊은 곳에서 외치는 목소리가 같았다. 말하지 않아도 다 알아줄 수 있는 사람. 나의 커다란 결핍을 건강한 방법으로 채워줄 수 있는 사람.

이런 우리가 서로를 감히 뭐라고 부를 수 있을까. 남에게 설명하기 힘든 우리의 유대감을 책 한 권으로 정리하며 소개해 본다. 여기 이렇게 살아온 사람 둘이 있다고. 이렇게도 살아갈 수 있다고. 우리가 울고 웃으며 함께 보내온 지난 모든 시간이 당신에게도 위로가 되길.

술 두 잔의
그림자

술 세 잔의
사색

술 네 잔의
염원

술 다섯 잔의
동화

2주간의 합숙을 마치며

술 한 잔의
치기

낯선 이에게 상처받고, 답답한 상황에 가끔은 울어도
그와 부딪힌 술 한 잔에 나는 다시 초심으로 돌아갔다.
그래, 내 삶의 기준을 타인에게 두지 말자.

나 자퇴할래

: 숫뚜

"나 자퇴할래."

입학 3일 만에 내가 엄마에게 한 말이다. 내가 꿈꿨던 대학과 현실의 대학은 너무도 달랐다. 광고에서 보던 '선배님 밥 사주세요.' 같은 대사는 정말 TV 안에서만 존재했던 것이다. 디자인과는 선후배 간 위계질서가 매우 엄격했고, 신입생들은 선배들이 시키는 대로 뭐든지 해야만 했다.

지금은 없어졌지만, 내가 신입생일 때까지만 하더라도 '퍼포먼스'라고 불리는 미대생들만의 축제가 있었다. 2학년 선배들이 안무를 짜고 옷을 만들면, 신입생들이 그에 맞춰 단체로 군무를 추고 어느 과가 가장 잘하는지 순위를 매기는 행사였다. 매일 아침 일곱 시부터 아홉 시까지, 다시 여섯 시부터 열 시까지. 하루 중 수업이 없는 시간을 빼곤 계속 안무를 맞춰봐야 했는데, 첫 번째 문제는 연습 장소가 지하 주차장이라는 데 있었다.

꽃샘추위가 살벌한 3월부터 5월 사이. 지하 주차장에서 몇 시간 동안 원하지도 않는 연습에 강제 참석. 한 명이라도 안무가 틀리면 2학년 선배들은 지하 주차장이 쩌렁쩌렁 울리도록 소리를 질러댔고, 직접적으로 때리지만 않았다뿐이지 간접적으로 폭력을 행사했다. 동기들 중 누군가가 무단이탈을 하면 나머지는 그 동기가 연습 장소에 나타날 때까지 기합을 받고 있어야 하는 식으로. 온몸이 부들부들 떨리다 못해 그 추운 날에도 땀이 바닥에 뚝뚝 떨어질 정도였고, 눈물을 흘리는 남자애들도 있었다. 아파서, 늦잠을 자서, 하기 싫어서 연습을 빠졌던 동기가 뒤늦게 주차장에 도착하면 몇 시간의 기합을 받고 잔뜩 약이 오른 나머지 애들이 우르르 몰려가 고함을 치고, 삿대질을 하는 게 그땐 너무나 당연하게 느껴졌다. 괴롭게 하는 사람은 따로 있는데 우리는 서로를 물고 뜯었다.

10년 가까운 시간이 지났지만 아직도 이른 아침의 지하 주차장 공기가 생생하다. 선배들의 굳은 얼굴. 딱딱하고 차가운 바닥. 숨을 힘껏 들이켤 수 없을 정도의 곰팡이 냄새. 디자인

학부가 처음 생겼을 때부터 지속되어 온 행사라 교수님들도 이 행사에 대해 잘 알고 있었고, 연습을 위해 수업을 빠지는 것도 공식적으로 허용해 줄 정도였으니 연습이 너무 가혹하다고 하소연할 곳은 아무 데도 없었다. 나는 내가 옳다고 생각하는 문제에 있어선 개인행동도 잘하고, 워낙 좋고 싫음이 분명해서 진작에 '난 못하겠다'하고 빠져버릴 만한 사람이었지만 내가 빠지면 나머지 동기들이 얼차려를 받는다고 생각하니 그럴 수 없었다. 남은 4년간 그 미움을 어떻게 견뎌.

두 번째 문제는 지극히 개인적인 것인데, 온종일 학교에서 연습에 매달리고 있으니 알바를 할 시간이 없었다. 한 번은 내가 2학년 선배에게 아르바이트를 하고 있는 사람은 어떡하냐고 물었다. 그러자 그는 너무 당연하다는 듯이 이렇게 답했다.

"못하지. 5월까지는 알바할 생각하지 마."

나는 그날부터 나와 다른 사람들의 차이를 뼈저리게 느꼈던 것 같다. 누군가는 몇 개월 아르바이트를 하지 않아도 살아갈 수 있구나. 그게 누군가에겐 당연하구나. 누구는 본가가 강남에 있으면서도 등하굣길이 멀다고 부모님이 학교 근처로 자취방을 구해주었고, 누구는 집에서 용돈을 받기에 알바 같은 거 하지 않아도 돈이 남았다. 나는 남는 자투리 시간을 이용해 과외나 학원을 틈틈이 나가고, 왕복 2시간이 넘는 시간을 들여 학교에 다녀야 했는데. 사실 그놈의 퍼포먼스만 아니었어도 내가 돈이 없어서 밥을 못 먹을 정도로 돈에 허덕이진 않았을 것이다.

이건 누구의 잘못일까? 그런 행사를 방관하는 학교와 학부? 고함치고 기합을 주는 선배들? 불합리 앞에 아무 소리 하지 못하고 따랐던 신입생들? 자꾸만 남들과 나를 비교하는 나 자신? 글쎄. 그저 내가 신입생이던 그해 우리 학교엔 아르바이트를 하지 않으면 살 수 없는 사람이 있다는 걸 모르는 사람들이 가득했을 뿐이다.

"한심해."

엄마가 대답했다. 그렇게 고생해서 힘들게 좋은 학교에 붙어놓고, 3일 만에 자퇴를 한다고? 같은 말들이 뒤따랐다. 엄마 딴에는 비싼 미술 학원비를 내며 일 년을 서서 그림을 그려놓고, 고작 3일 만에 학교에 대해 다 파악한 듯 쉽게 자퇴를 입에 올리는 나를 단 한구석도 이해할 수 없었겠지만, 이미 학교에서 상처를 받은 나는 그 말이 그렇게 서러웠다. 무슨 일이 벌어지고 있는지도 모르면서. 하지만 그런 말을 들으면서까지 자퇴를 할 자신은 없었다. 그래서 1학기가 끝나기만을 간절히 기다렸다. 그리고 1학기가 끝나자마자, 나는 휴학계를 냈다. 흔치 않은 일이었다. 보통은 1년 단위로 끊어서 휴학과 복학을 하니까. 하지만 나는 그 지옥 같은 곳에 단 하루도 더 버틸 수 없을 것 같았다.

스무 살 여름. 휴학생 신분이 된 나는 알바를 미친 듯이 했다. 그간 학교 때문에, 돈 때문에 서러웠던 것들을 모두 잊으려는 것처럼 필사적으로. 술도 엄청 마셨고, 툭하면 밖에서 친구들과 밤을 새웠다. 그 시기에 나는 뒤늦은 일탈 청소년이 된 것 같았다. 그래도 후회는 하지 않는다. 그 정도의 숨 쉴 틈이 있었기 때문에 나는 휴학 1년 동안 1년 치 등록금을 벌었고, 다시 학교에 갈 용기도 생겼으니까.

: 히조

　지금 생각하면 왜 그랬나 싶지만, 대학이 내 인생의 전부였던 시절이 있었다. 아주 어렸을 때부터 패션 디자이너가 꿈이었던 나는 남들보다 늦게 미술을 시작한 고등학교 3학년에서 재수까지 오로지 한 학교를 목표로 삼았다. 우리나라에서 의상 디자인으로는 1등으로 쳐준다는 그 학교. 얼마나 간절했냐면 고3 때 가군에서 그 학교를 가장 먼저 떨어진 후 지원한 다른 학교까지 떨어지길 바랄 정도였다. 그래야 재수할 명분이 생긴다는 이유였다. 그 학교는 정문에서부터 디자인 대학이 있는 건물까지 이어지는 높은 경사의 오르막이 유명했는데, 재수 시절엔 농담 반 진담 반으로 붙여만주면 아침마다 무릎으로 청소하며 등교한다고 말하고 다닐 정도였다.

　이런 내 정성이 통한 건지 나는 결국 두 번째 시도 만에 원하는 대학에 합격했다. 합격이라는 글자를 본 순간 온몸에 전기가 통한 듯 짜릿한 기분이 들었다. 학원의 합격률을 높여주기 위해 다른 학교의 시험을 보러 다니면서도 그저 즐거웠다. 캠퍼스 잔디밭, 땡땡이, 여행, 축제, CC가 나를 기다리고 있다! '고생 끝에 낙이 온다'는 내 미래를 위해 생긴 말일 거라 믿었다. 신입생 환영 MT를 가는 날까지 나는 항상 술을 석 잔쯤 마신 사람처럼 기분 좋은 흥분 상태였다.

　대망의 MT 날, 남들은 배낭 하나를 메고 올 때 나는 함께 먹을 간식, 작은 보드게임, 친구에게 선물 받은 외국 술을 여행

용 가방에 가득 싣고 등장했다. 명단 확인을 기다리며 눈에 띄는 친구에게 먼저 말을 걸어 버스에서 함께 앉기로 약속도 했다. 모든 일이 순조롭게 진행됐다. 그런데 웬걸, 신청자 명단에 내 이름이 빠져 있었다. 알고 보니 등록금을 지불할 때 고지서 아래에 따로 적혀있는 MT 비용을 미처 보지 못했던 거다. 학생회장에게 지금이라도 내겠다고 사정했지만 보험을 신청하지 못해 불가능하다고 말했다. 나는 결국 신입생 환영회에 참석하지 못한 신입생이 되었다.

당연히 개강 날 첫 수업에 아는 사람이 없었다. MT에서 이미 마음이 맞는 사람끼리 지어진 무리 사이엔 낄 틈이 전혀 보이지 않았다. 어딜 가나 친화력 하나는 자신 있는 나였지만, 나에게 눈길도 주지 않는 아이들에게 말을 거는 일은 쉽지 않았다. 그즈음 해리(이하 숯뚜라고 칭하겠다)를 만났다. 겨우 안면을 튼 동기 한 명이 수업 시간 전 강의실 앞에서 서로를 인사시켰다. 숯뚜는 감기 때문에 붉게 물든 양 뺨으로 웃으며 서로의 청재킷을 가리켰다.

"언니, 우리 커플룩이에요!"

그때부터 우리는 학교에 오면 서로를 찾았지만 아쉽게도 이름순으로 신입생 시간표가 갈려 함께 있을 수 있는 시간은 일주일에 서너 시간 정도였다. 신입생에게 매년 전통이란 이름으로 행해지던 강압적인 행사는 안 그래도 무리를 겉돌던 우리에게 지옥 같은 시간이었다. 숯뚜는 점점 학교에 나오는 날이 줄었고, 나는 F만 겨우 면하기 위해 출튀(출석하고 튀기)를 반복했다. 대학에 대한 환상은 진작에 흔적을 감췄다. 학교에 다녀오는 날엔 친구들에게 울먹이며 하소연하는 게 일상이 되었다. 만나는 사람들마다 우울해 보인다며 걱정스러운 안부를 물었다. 나는 요즘에도 내 인생의 암흑기는 가스가 끊겨 날달걀에 밥을 비벼 먹었던 어린 시절도 아니고, 바늘로 손가락을 찔러가며 공부했던 수험생 시절도 아닌 대학교 1학년 1학기, 소속감이 없는 곳에 매일같이 앉아 있어야 했던 그때라고 단언한다.

내가 원하는 대학에 들어간 건 온전한 나의 성취가 아니었다. 남들은 1년도 기함한다는 미대 입시를 자식 셋이 재수하는 동안 6년에 걸쳐 뒷받침했던 우리 엄마의 지분이 컸다. 내 합격을 누구보다 기뻐했던 엄마에게 한 학기 만에 자퇴하고 싶다는 얘기를 꺼낼 수는 없었다. 결국 나는 휴학을 결정했다. 입시부터 대학까지 쉬지 않고 달려와 이젠 쉬고 싶다는 내 핑계에 엄마는 그저 원하는 대로 하라고 했다.

도망친 거냐고 묻는다면 주저하지 않고 그렇다고 말할 수 있다. 나는 벼랑 끝에 내몰린 나를 구하고 싶었다. 결과적으로 그때의 휴학은 내 인생에서 가장 잘한 일 중 하나가 됐다. 일 년 동안 누구보다 열심히 일하고, 열심히 쉬며 재충전의 시간을 가졌다. 몸이 멀어지자 마음의 상처는 금세 회복됐다. 이 일로 나는 무언가를 참으며 자신을 갉아먹고 있다고 느낄 때마다 과감히 쉬는 걸 선택하는 방법을 배웠다.

이렇게나 달랐던 우리가

: 숫뚜

우리는 일주일에 사나흘을 함께한다. 각자의 집에서 집까지 55km가 조금 넘는 것을 감안하면 정말 '기를 쓰고 만난다'고 표현할 수도 있겠다. 둘이 얼마나 잘 맞으면 이렇게나 자주 만날 수 있을까 생각하기 쉽지만 사실 우린 다른 부분이 훨씬 더 많은 사람들이다. 사람의 성격에 '표준'이 있다면 나는 표준보다 더 예민한 사람이고, 히조 언니는 표준보다 더 둔감한 사람이다.

내가 언니 집에 있는 야채 그릇을 보며 "이거 밑에 고무 패킹이 있어서 안 미끄러지네? 좋다."라고 말하면 언니는 "거기에 고무 패킹이 있어?"라고 답하고, 내가 유난히 민감한 언니차의 블랙박스가 맨홀 뚜껑이나 방지턱을 넘을 때마다 수시로 삐빅거리는 소리를 내는 걸 들으며 "이 소리 너무 잦아서 짜증 나지 않아?"라고 물으면 언니는 "그게 소리가 나?"라고 답하는 정도니 우리가 얼마나 표준에서 반대 방향으로 멀리 떨어져 있는지 짐작이 가리라. 또한 나는 매사에 감정적이고, 성격이 급하다. 언니는 싸움을 싫어하고 느긋하다. 그러니 우리의 만남은 불과 물일 수밖에. 언니와 붙어 다니며 나는 내가 얼마큼 불도저 같은 사람인지 깨닫게 되었다.

다양한 사건사고를 겪으며 반사 작용으로 우리는 조금씩 변했는데, 다행인 건 우리가 향하는 방향이 같았다는 것. 우리는 서로를 너무 잘 알게 되었고, 서로 하려는 말을 굳이 입 밖으로 꺼내지 않아도 먼저 눈치채고 행동하며 내가 원할 땐 언니도, 언니가 원할 땐 나도 원한다. 그게 무엇이든 간에(주로 술이다). 우리를 만나는 사람들은 우리가 처음부터 쿵짝이 잘 맞았을것 같다고 말하곤 한다. 그 사람들을 위해 이 꼭지에선 몇 년 전 이야기를 하나를 꺼내볼까 한다.

내가 우리의 다름을 극단적으로 느꼈던 건 오랜 시간을 붙어있게 되었던 여행에서였다. 장소는 파리의 한인 민박. 다음 숙소의 숙박 날짜를 잘못 입력하는 바람에 하루가 붕 떠서 급하게 1박만 예약한 곳이었다. 우리가 단 하루만 머물러서 그랬던 건지, 원래 그런 사람인지 모르겠지만 주인아주머니는 몹시 불친절했다. 밖에서 방까지 들어오기까진 대문, 중문, 방문을 열 세 개의 열쇠가 필요했는데, 우리는 그중 어떤 열쇠도 받지 못했다. 어차피 내일이면 떠날 거고, 자기는 하루 종일 숙소에 상주하고 있으니 열쇠가 필요하겠냐는 아주머니의 일방적인 판단 때문이었다. 거기까진 이해하고 넘어갈 수 있었다. 진짜 문제는 저녁에 터졌다. 우리가 하루 일정을 마치고 숙소로 돌아와 보니 대문이 굳게 잠겨있었고, 아무리 초인종을 누르고 문을 두드려도 응답이 없었다. 몇 번의 시도 끝에 가까스로 연결된 전화 통화에서 주인아주머니는 별일 아니라는 듯 시장에서 장을 보고 있으니 30분 정도 더 기다리라고 말했다. 너무 피곤했지만 다른 방법이 없으니 꼼짝없이 길바닥에서 기다릴 수밖에.

인천에서 프랑스 파리까지 12시간 비행기를 타고 왔건만, 길거리에 멍하니 서서 시간을 낭비하며 나는 점점 화가 나기 시작했다. 하지만 30분이 훌쩍 넘어서 느긋하게 도착한 아주머니는 오히려 적반하장. 왜 그런 걸 자기한테 따지냐는 태도를 보였다.

"아니, 적어도 미안하다고 사과는 하셔야 하는 거 아닌가요?"

"내가 왜 미안해? 내가 장을 왜 봤는데! 그게 저녁밥 해주려고 나가서 장 봐온 사람한테 할 말이야?"

아주머니는 끝끝내 미안하다는 말도 하지 않았고, 열쇠를

주지도 않았다. 내가 씩씩대며 방으로 들어가 아주머니의 험담을 하자 히조 언니는 당황스러운 표정으로 대구했다.

"그냥 안 싸우면 안 돼?"

가만히 있으면 나도 언니도 아주머니도 기분 상할 일이 없는데 왜 괜히 언성을 높여서 모두의 기분을 상하게 하냐는 것이었다. 나는 불합리한 일을 당하면 내가 용납할 때까지 따지고 화를 내야 기분이 풀어지는 사람이었고, 언니는 자기만 참으면 조용히 넘어갈 수 있는 일이라고 생각해 웬만한 일은 참고 잊어버리는 사람이었다. 서로 기분이 상해 눈도 마주치지 않고 휴대폰만 만지작거리며 나는 생각했다. 원래 성격이 반대인 사람과 더 잘 맞는다는데, 그 말은 어디서 나온 걸까.

여행을 하는 동안에도 우리는 계속 다른 방향으로 향했다. 나는 가구, 인테리어 소품, 주방 용품, 가전 등 집에 관련된 것들에 흥미가 있었고, 언니는 배트멍, 라프 시몬스, 알렉산더 맥퀸처럼 한국에서 쉽게 볼 수 없었던 패션 브랜드에 눈이 반짝거렸다. 그래서 우리는 여행 중 자주 헤어졌다. 나는 'The Conran Shop'에 언니는 'The Broken Arm'에 가기 위해서. 같은 학교에서 의상 디자인을 전공하고 있었지만 나는 애초에 VMD$^{\text{visual merchandiser}}$가 될 생각으로 여러 디자인 전공 중에 내 성적에 맞는 의상 디자인을 고른 거였고, 언니는 어렸을 때부터 패션 디자이너가 꿈이었던 사람이었으니까.

이렇게나 달랐던 우리가 지금에 이르기까지 큰 싸움 한 번 없었다는 게 새삼 신기하다가도, "나 이제 집에서 쿵쿵거리면서 안 걷지? 네가 싫어하니까!"라고 말하며 해맑게 웃는 히조 언니를 보면 남들보다 예민하고 까탈스러운 나를 잘 받아주고 이해해 준 언니의 공이 참 크다는 걸 깨닫게 된다.

끝없는 알바의 굴레

: 히조

　나는 대학의 합격 통지를 받자마자 다니던 입시 미술 학원에서 강사로 아르바이트를 시작했다. 중간에 다른 일을 하느라 쉬었던 6개월을 제외하고 꼬박 6년을 넘게 다녔다. 학기 중엔 수업이 끝나는 저녁에 일하고, 방학이면 가르치는 학생들도 방학이니 자동으로 아침부터 저녁까지 학원에 있어야 했다. 수능이 끝나는 겨울이면 주말도 없이 일했다. 입시를 쉬지 않고 하는 듯한 피로, 간혹 겪는 버릇없는 학생의 태도, 학원 사정에 따라 정처 없이 기다려야 하는 월급, 쳇바퀴 돌듯 반복되는 일상에 지친 내 새해 다짐은 언제나 '미술학원 그만두기'였다. 결과적으론 대학을 졸업하고서야 끝이 났으니 새해 다짐은 매년 실패했다고 볼 수 있다. 일하러 가기 몇 시간 전부터 기분이 안 좋을 정도로 진저리를 쳤음에도 매번 그만둘 수 없었던 데는 학생들을 가르치는 보람 외에도 시급이라는 현실적 이유가 컸다. 과제의 압박과 재료비가 비례하는 고학년이 될수록 시급을 생각하며 자신을 타일러야 했다.

일하고 놀고를 반복하며 보낸 첫 휴학이 끝나고, 우리는 1학년 복학생이 되었다. 숫뚜와 나는 함께 시간표를 맞추고 학교에서 내내 붙어 다녔지만 다른 친구들처럼 끝나고 밥을 먹거나 놀러 가는 일은 거의 없었다. 수업이 끝나기가 무섭게 각자의 일터로 자리를 떠나기 바빴기 때문이다(게다가 당시 서로의 집은 일산과 분당이었다). 학교에 다니는 4년 내내 각종 행사며 술자리에 불참할 때마다 '너희 둘은 알바를 왜 이렇게 많이 해?'라는 말을 들었다. 원해서 하겠냐며 타박을 할 만큼 친한 사이는 아니었다.

나는 누구보다 치열하게 대학 입시를 준비했던 그때부터 나 자신을 타인과 비교하는 것을 경계했다. 1년의 기억이 통째로 날아간 듯한 재수 시절에도 대학생인 친구들의 연락을 굳이 끊어내지 않았다. 다른 사람의 가장 빛나는 것과 비교하는 게임의 결말이 그저 내 상황을 조금 더 초라하게 만들 뿐임을 알기 때문이다. 물론 생각이 언제나 실천으로 옮겨지지는 않았다.

학교를 다니면서 가장 바빴을 때는 단연 졸업 패션쇼를 준비하던 4학년이다. 최종 패션쇼에 서는 옷 세 벌을 만들기 위해 수많은 시행착오를 겪어야 했다. 그때마다 재료비로 통장의 잔액이 뭉텅뭉텅 썰려 나갔다. 학교가 멀어 자취까지 시작한 터라 엄마의 도움을 많이 받았지만, 아르바이트를 그만둘 수는 없었다. 수업이 끝나기 5분 전부터 화구 박스에 재료를 쓸어 넣고 정시가 되면 강의실을 나와 버스 정류장으로 뛰어가는 게 일상이 되었고, 졸업 패션쇼가 다가올수록 일이 끝나면 다시 학교로 돌아와 밤을 새우는 날이 늘었다.

아슬아슬하게 버티고 있다는 생각을 자주 할 무렵, 나는 결국 집으로 가는 지하철 안에서 울었다. 평소와 다를 것 없던 보통 날. 나를 무너뜨린 건 함께 졸업을 준비하던 친구가 사물함에 재료를 던져 놓고 뛸 준비를 하는 내게 무심코 던진 한마디였다. '너는 집을 정말 좋아하나 봐? 항상 서둘러 가네!'

악의라곤 없는 친구의 순수한 물음에 나는 그저 웃었지만, 정신없이 학원으로 이동하고 일을 하는 내내 무거운 것이 가슴을 누르고 눈언저리에서 무언가 일렁였다. 나는 눈을 세게 감았다 뜨는 것으로 그것을 떨쳐 내려 애썼다. 일을 마친 저녁 열 시, 집으로 가는 지하철에서 운 좋게 앉을 자리를 찾았다. 아이러니하게도 자리에 앉아 몸이 편해지자 마음속에서 간신히 버티고 있던 무언가 와르르 무너졌다. 잠을 제대로 자지 못해 지끈거리는 머리, 집에 가서도 과제 때문에 쉴 수 없다는 아득함, 내가 누구보다 일찍 강의실을 나서는 이유가 아르바이트 때문일 거라는 생각을 못 하는 친구의 천진함, 모든 것이 얽히고설켜 엉망이 된 기분. 평소 자신에 대한 눈물에 인색한 편인 나는 공공장소에서 처음이자 마지막으로 그렇게 울어봤다.

열심히 산다고 인정받고 싶은 적도 없었지만, 누구도 나를 이해하지 못한다는 기분이 드는 것도 싫었다. 나는 그때마다 숏뚜에게 전화했다. 내 감정을 굳이 설명하지 않아도 상황만으로 나를 이해하는 그는 어떤 날은 나 대신 화를 내주고, 어떤 날은 함께 서러워했고, 어떤 날은 망설임 없이 나를 불러 술을 사줬다. 혼자가 아니라는 생각은 나를 감정의 호수에 오래 가두지 않게 만들었다. 위로의 말이 위로되지 않는다는 걸 잘 아는 우리는 그저 서로의 이야기를 잘 들어주고, 진심으로 공감했다. 가끔은 '그래, 말 안 해도 알아!'라며 상대의 마음을 미리 헤아렸다. 밤늦게까지 술과 넋두리로 속을 비우고, 다음 날 아침이면 언제 그랬냐는 듯 각자의 일터로 헤어졌다. 낯선 이에게 상처받고, 답답한 상황에 가끔은 울어도 그와 부딪힌 술 한 잔에 나는 다시 초심으로 돌아갔다. 그래, 내 삶의 기준을 타인에게 두지 말자.

유구한 알바의 역사

: 숫뚜

열네 살. 내가 첫 아르바이트를 시작한 나이다. 친구들이
한 달에 한 번이든 일주일에 한 번이든 정기적으로 얼마의 용
돈을 받을 때 나는 필요한 물건이 있을 때마다 아빠에게 돈을
타서 쓰는 식으로 생활했는데, 문제는 아빠 기준과 내 기준의
필요한 물건이 각각 다르다는 데 있었다. 그러니 마음껏 친구
들과 놀기 위해서는 아빠를 거치지 않고 돈이 나올 구멍이 필
요했는데 처음으로 시작하게 된 건 상세 페이지를 제작하는
일이었다.

온라인 쇼핑몰에서 상품을 클릭했을 때 밑에 길게 뜨는 사진과 텍스트를 '상세 페이지'라고 하는데 보통은 포토샵을 이용한다. 나는 전부터 혼자서 포토샵으로 이것저것 만들어 블로그를 꾸미고 카페에 공유하는 걸 좋아했던 아이였고, 덕분에 상세 페이지를 수월하게 제작할 수 있는 능력이 있었다. 장당 오천 원부터 만 원까지. 블로그와 카페를 통해 일을 맡겨줄 쇼핑몰을 찾았다. 고용주와 얼굴을 대면할 일이 없으니 내가 열네 살이라는 건 아무도 몰랐다. 메일을 통해 일감을 받고, 다시 메일로 완성 파일을 보내주면 되는 일. 중학생 신분으로 할 수 있는 알바는 없었기에 나는 내 나이를 스무 살이라고 속였고, 고등학교에 올라갈 때까지 이 알바를 통해 짭짤한용돈 벌이를 했다.

어린 나이에 포토샵을 능숙하게 다룰 수 있다는 건 꽤나큰 이점이었다. 상세 페이지를 수십 개 제작하며 더욱 포토샵을 자유자재로 사용할 수 있게 된 나는 아이돌 굿즈 스티커를만들어 판매하는 일을 시작했다. 그 당시 최고 인기였던 동방신기 멤버의 사진을 이용해 도안을 디자인하고, 인쇄소에 맡겨 스티커로 만들었다. 그리고 블로그를 통해 판매했다. 지금이야 워낙 디자인 툴을 잘 다루는 학생들이 많고, 아이돌 굿즈의 종류도 다양해졌지만, 십오 년 전쯤에는 스티커를 만들 수있는 사람도, 굿즈의 가짓수도 몹시 적었다. 수요는 넘쳐나게많았고, 공급은 충분하지 않아서 내 스티커는 만드는 족족 완판이었다. 원가가 저렴했기 때문에 차익을 많이 남길 수 있었는데 나는 그 돈의 일부로 같은 반 남자애를 고용해 포장과 배송까지 시켰다.

스무 살. 학교를 휴학하고 시작했던 pc방 알바는 태어나서 처음 해보는 육체노동이라고 할 수 있었다. 성인이 되고 처음 해보는 알바이자, 실제로 사람을 대면하면서 몸을 움직여야 하는 알바. 그래서 재밌었다. 그 당시엔 실내 흡연이 가능했기에 pc방 내부는 늘 담배 연기가 자욱했는데, 그게 고약한지도 모르고 즐겁게 일했다. 일 끝나고 집에 가는 버스에 올라타면 왜 사람들이 동시에 나를 돌아보는지 pc방 알바를 관두고 몇 개월이 지나서야 알았다. 하지만 아무리 오래 일을 한다고 해도 4천 원 남짓한 최저 시급을 받으면서는 생활이 불가능했고 나는 어쩔 수 없이 여러 개의 일을 동시에 할 수밖에 없었다.

주중이었던 pc방 출근 스케줄을 주말로 바꾸고 과외를 두 개 구했다. 나는 수능을 잘 친 편이었고, 미대를 준비하는 학생들이라면 부러워할 대학에 현역으로 합격했기 때문에 미대생들을 대상으로 한 수능 과외가 적합하다고 생각했다. 학생을 소개해 줄 인맥은 없었지만, 블로그와 카페에 자세하게 적어둔 합격 수기 덕분에 여기저기서 인터뷰 요청과 과외 문의가 들어왔다. 나는 교과목에 대한 과외는 물론 미대 입시에 대한 조언을 해줄 수 있었기 때문에 미대 입시생들에게 딱 맞는 과외 선생이었지만, 학교에 다니며 입시 과외를 지속하는 건 여간 어려운 일이 아니었다. 넘쳐나는 과제를 처리하면서도 수능 공부를 놓지 않아야 했고, 새로 등장하는 문제 유형도 학생들보다 먼저 파악하고 내 것으로 만들어야 했다. 결국 내 과제를 하는 시간보다 과외 수업 준비를 하는 시간이 점점 많아져 가르치던 아이들이 대학에 합격하는 것까지 지켜보고 더는 새 학생을 찾지 않았다.

수많은 일을 혼자 힘으로 얻어내며 배웠다. 뭐든지 꾸준히 하는 게 좋구나. 일기 쓰듯 시작한 블로그 덕분에 나는 포토샵도 배우게 되었고, 첫 알바도 구했고, 스티커도 팔았고, 과외도 구했다. 후에 나오지만 가장 돈이 절박했던 시기에도 블로그를 통해 방법을 모색할 수 있었다. 물론 실질적인 도움을 떠나서 나의 추억 기록장으로써의 역할도 톡톡히 한다. 나는 그로부터 또 9년이 지난 지금까지도 블로그를 운영하고 있고, 앞으로도 그럴 생각이다.

미술 학원은 다분히 상업적이다. 좋은 학교에 합격한 학원생이 나오면 동네방네 학원 이름을 걸고 자랑을 한다. 내 이름도 학원 건물 엘리베이터, 학교에 나눠주는 휴지, 물티슈, 전단지 등 온갖 곳에 실렸다. 그리고 당연한 수순으로 미술 학원에서 보조 알바를 하게 되었다. 선생님 혼자 많은 아이들의 그림을 일일이 봐줄 수 없기 때문에 해당 반에서 대학에 합격한 학생들을 알바로 고용해 학원생들의 그림을 봐주는 일을 시킨다. 다른 알바에 비하면 시급은 아주 센 편이었지만, 미술 학원 특유의 우울한 분위기와 창문 하나 없이 퀴퀴한 공기로 가득 찬 실내가 견디기 힘들어 오래 하지 못했다. 미술 학원을 몇 개월 만에 관두면서, 나는 학교와 일을 병행하려면 앞으로도 이렇게 시급이 높은 일을 찾아야겠다고 결심했다.

나는 피팅 모델을 했던 경력도 있다. 남들이 생각하는 쇼핑몰 사진 속 피팅 모델은 아니고, 스포츠 브랜드 디자인실에서 판매 전 옷을 입어보는 피팅 모델. 내가 가장 오래 한 알바이기도 하고, 처음으로 회사라는 공간에서 대리님, 과장님, 전무님 같은 '어른들의 호칭'을 사용해 본 알바이기도 하다. 졸업하고 해당 브랜드에서 디자이너로 일하고 있었던 학교 선배가 소개해준 일이었다. 정작 그 선배는 일 년을 채우지 못하고 관두는 바람에 회사에서 마주칠 일도 거의 없었지만.

하나의 옷이 세상에 나오기까지 대략적으로 [디자인-샘플-QC[quality control]-생산]의 과정을 거치는데, 내가 할 일은 QC 단계에서 공장에서 만들어진 옷이 불편하진 않은지, 마네킹이 입었을 때와 실제 사람이 입었을 때 어느 부분이 차이가 나는지 알아보기 위해 옷을 입고 벗고 하는 것이었다. 내가 옷을 입고 가만히 서 있으면 디자이너와 MD, 패턴사들이 모여 꼼꼼하게 살펴보고, 잘못 나온 부분이 있으면 핀을 집거나 테이프를 붙이며 수정을 했다. 초반엔 열 명 가까이 되는 사람이 나만 보고 있는 게 견딜 수 없이 민망했는데 몇 년 지나니 디자인실이 내 방만큼이나 편해졌다. 나는 꼬박 6년을 그 브랜드의

디자인실 피팅모델로 있었다. 일산에서 사당까지. 멀고 먼 길을 지하철로 이동하고, 일하는 내내 거의 움직이지 못하고 서 있어야 해서 허리와 다리가 끊어질 듯 아픈 날도 있었지만 같이 일하는 사람들이 너무 좋았고, 무엇보다 시급이 높아서 견딜 수 있었다.

가장 오래 한 알바가 피팅모델이라면 나를 먹여 살린 알바는 과외다. 포토샵, 일러스트, 인디자인, 프리미어. 내가 가르칠 수 있는 어도비 디자인 프로그램은 모조리 가르쳤다.

스물넷 여름. 나는 돈이 없었다. 없어도 너무 없어서 고민이었다. 일을 해야 하는데 알바를 구하기가 여간 어려운 게 아니었다. 어떤 공고는 주말 3시간만 일할 사람을 찾고 있다고 했고, 어떤 공고는 경력자만 뽑는다고 했다. 내가 가지고 있는 능력 중에 뭘 팔 수 있을까. 아무리 생각해도 어릴 때부터 해온 포토샵 말곤 떠오르는 게 없었다. 다행히도 그 이후 십 년의 시간을 보내며 나는 일러스트와 인디자인 등 다른 프로그램들도 다룰 수 있었다. '이게 될까?'라는 생각으로 블로그에 포토샵 과외를 한다고 과외생 모집 글을 올렸다. 그런데 생각지도 못하게 문의가 밀려들었다. 그 당시 포토샵 같은 프로그램은 컴퓨터 학원에 가야만 배울 수 있었는데 학원보다 1:1 맞춤 수업이 가능한 과외를 원하고 있는 사람들이 꽤 많았던 거다.

나는 사람들의 다양한 목적에 맞게 쓸모없는 기능은 배제하고 꼭 필요한 가능들을 알려주었다. 4번 수업이면 필요한 모든 기능을 다 배울 수 있도록. 포토샵 수업을 들었다가 일러스트, 인디자인까지 연장하는 사람이 생겼고, 친구들에게 소개해주는 사람이 생겼다. 나중에는 몸이 모자라서 들어오는 문의를 거절해야 할 정도로 바빴다. 스물넷부터 스물일곱까지. 학교에 다니면서도 일을 할 수 있다는 게 가장 큰 장점이었던 알바였다.

술 고삐가 풀린 유럽여행

: 히조

　복학 후, 우리는 나름 성공적으로 학교에 적응해 나갔다. 지난 학기에 받았던 F를 만회하기 위해 재수강을 하고, 캠퍼스 지리를 익히며 얼마 없는 맛집도 찾았다. 축제 땐 친구들을 불러 병째로 술을 먹다 흑역사를 만들기도 하고, 날이 좋은 날은 잔디밭에 앉아 시간을 보내며 나름의 대학 생활을 즐기기도 했다. 학년이 올라갈수록 우리는 부쩍 가까워졌다. 지금도 누군가 물으면 우리가 친해진 건 술과 여행 덕분이라고 말할 만큼 우리는 술이 참 잘 통했다. 우린 안주의 취향, 술 마시는 속도,

심지어 주량까지 비슷해서 언제 어디서 술을 마셔도 누가 먼저랄 것 없이 함께 흥이 올랐다. 이야기 혹이란 게 있다면 크기가 산타클로스 선물 꾸러미만 할 숫뚜와의 밤은 언제나 짧았다.

미대에선 사망년이라고 부를 정도로 과제가 많은 3학년이 마무리될 무렵, 우리는 완전히 녹초가 되었다. 여자들은 보통 스트레이트로 졸업을 하거나 중간에 1년 정도 휴학을 하는데, 우리는 이미 그 1년을 한 학기 만에 소진해버렸으니 휴학을 할 구실도 더 없었다. 그때 숫뚜가 내게 유럽 여행을 제안했다. 당시 내 주변엔 유럽 여행을 다녀온 친구들이 꽤 많았지만, 그때까지만 해도 내게는 다른 세상 이야기라 인생의 선택지에 두고 생각하지 않았다. 한 달 정도 가려면 적어도 오백은 필요하다는데, 그 큰돈을 어떻게 모아? 모은다 한들 내가 그 돈을 고작 여행에 다 쓸 수 있을까? 고민하는 내게 숫뚜는 틈나는 대로 파리며 덴마크, 영국의 사진을 보여줬다. 돈을 모을 자신이 없다는 내게 숫뚜는 언제나처럼 이렇게 말했다. "언니, 우리는 할 수 있다니까?"

이상하게 그의 말은 항상 설득력이 있다. 간결한 말속에 단단하게 자리 잡은 자신감이 내게도 전염되는 걸까. 살면서 선택의 기로에 놓일 때마다 숫뚜의 "우린 할 수 있어!"라는 말은 믿음직했고, 실제로 그렇게 되었다. 그때의 나도 우리를 믿는 그를 믿어보기로 했다. 적당한 핑계도 생겼겠다, 그렇게 우리는 다시 한 번 휴학계를 냈다.

돈을 모으는 과정이 순탄하지는 않았지만 어쨌든 오백에 가까운 돈을 모았다. 최대한 경비를 아끼기 위해 카우치 서핑으로 얼마간의 숙박을 구하고, 저렴한 맛집 리스트를 만들어두었다. 첫 여행지인 영국에 도착해 낯선 냄새가 나는 햄버거와 맥주 한 잔으로 허기를 채우고, 시차 적응에 실패한 우리는 저녁 8시에 기절하듯 잠에 빠졌다.

다음 날, 내가 생각했던 영국의 이미지와는 달리 날씨는 끝내주게 맑았다. 유럽 여행 초보답게 우리는 소호, 런던아이, 하이드파크 같은 유명 관광지를 둘러보았다. 아마 무슨 박물관도 갔던 것 같은데 이름도 가물가물할 만큼 기억에 남지 않는다. 그때까진 드라마나 영화에서나 보던 런던의 풍경을 마주하는 게 즐겁긴 해도, 많은 사람들처럼 "여행은 꼭 가야 해!"라고 말할 수 있을 정도로 특별한 느낌은 받지 못했다. 오히려 이런 낯선 땅에서 한 달을 보내야 한다는 사실이 조금 두렵기도 했다.

그렇게 여행하는 며칠 동안 우리는 런던에 공원이 참 많다는 걸 느꼈다. 만나는 공원마다 그곳에서 앉기도, 눕기도, 먹기도 하며 시간을 보내는 사람들이 함께였다. 우리는 이곳의 사람들이 즐기는 걸 해보기로 했다. 그날 오후. 우리는 한식당에서 불고기와 잡채를 포장하고, 와인과 사이더를 각각 두 병씩 품에 안아 숙소 근처의 공원에 자리를 잡았다. 지나가는 런던 사람들을 구경하며 우리는 와인을 병째로 홀짝이기 시작했다. 와인과 사이더, 한식의 조합은 끝내주게 맛있었다. 적당히 부른 배와 적당히 기분 좋은 취기를 느끼며 앉아있던 우리 앞에 두 명의 남자가 눈에 띄었다. 공원 한편에서 공놀이하는 아이들과 그 모습을 지켜보는 두 아빠의 모습을 바라보며 우리는 서로가 느낀 결핍에 대해 어느 때보다 솔직하게 이야기했다. 우리는 익숙한 곳에서 상처받은 마음을 낯선 땅에서 털어놓았다. 몇 시간 동안 앉아서 조금씩 울다가, 배가 아플 정도로 웃다가, 누워서 하늘을 보다가, 큰소리로 노래를 틀고 따라 불렀다. 누가 먼저랄 것 없이 이 시간이 영원했으면 좋겠다고 말했다. 그제야 우리는 깨달았다. 이게 바로 여행이구나!

그날부터 우리는 유명 박물관이나 미술관에 들르거나 블로그에서 추천한 맛집을 찾아가는 일을 그만두었다. 그 대신 대낮의 노천카페에서 맥주를 마시다 튈트리 공원에서 누가 업어가도 모를 만큼 깊게 낮잠을 자기도 하고, 반짝이는 센강을 하염없이 바라보며 와인에 에그 타르트 한 조각을 곁들였으며, 카우치 서핑 호스트가 마음껏 먹으라고 보여준 와인 창고에서 정말로 '마음껏' 와인을 꺼내 마셨다. 길을 걷다 목이 마르면 스미노프 한 병씩을 손에 들고 마시기도 했다. 낮엔 마트의 빵으로 대충 끼니를 때우면서도 저녁엔 고심해서 와인을 골랐다. 말 그대로, 우리의 술 고삐가 풀린 것이다!

다음 날 출근에 대한 부채감, 텅 빈 지갑이 주는 자책감, 낮술의 죄책감, 주사를 부리면 안 된다는 존재감이 미미한 브레이크가 나를 멈추게 하는 일상에서 우리는 멀어졌다. 여행에선 한낮부터 새벽까지 술이 망설여지는 순간은 없었다. 마티니는 두 잔은 너무 많고 세 잔은 늘 부족하다고 제임스 서버가 말했던가. 나는 이 말을 낯선 여행지에서 이렇게 고쳤다. 와인은 두 잔은 너무 적고 세 잔은 더 적다!

내가 좋아하는 김민철 작가의 책 〈모든 요일의 여행〉에는 이런 말이 나온다.

"여행은 여기서 행복할 것의 줄임말이다."

우리는 우리가 여기서 행복할 수 있는 여행의 방법을 찾았고, 기꺼이 즐겼다. 첫 유럽 여행 이후로 숫뚜와 나는 여행에 중독된 사람처럼 국내외를 다녔지만, 우리의 첫 유럽 여행만큼 행복하지 않았고, 그럴 수도 없을 거라고 입을 모아 말한다.

: 숫뚜

'처음'이라는 건 그 단어를 입 밖으로 뱉는 것만으로도 왠지 가슴이 떨린다. 나의 첫 유럽 여행도 그랬다. 3학년이 끝날 무렵 내가 다시 한 번 휴학을 결정하고 히조 언니에게 유럽 여행을 제안한 건 솔직히 자격지심 때문이다. 남들은 방학을 맞아 뉴욕이며 보라카이며 잘도 다녀오는데, 우리는 왜 이렇게 끝없는 알바에 시달리면서도 여행 한번 못가냐! 같은 마음. 그래서 한 달 동안 유럽 여행을 가자는, 그 당시 우리에겐 굉장히 파격적인 제안을 했다. 학기가 완전히 끝나고 비행기에 오르기까지 5개월 남짓. 여행 자금을 모을 시간이 충분하지 않았지만 결국 우리는 해냈다. 아마도 수년간 단련된 프로 알바러들이었기에 가능한 일이 아니었을까.

그 유럽 여행은 지금 이렇게 타자를 치고 있는 순간에도 입 가에 미소가 돌 만큼 행복했다. 난생처음 느껴보는 해방감. 강렬한 태양과 여유로운 사람들. 시선이 닿는 모든 곳이 반짝이는 이곳에서 하루 종일 놀기만 해도 괜찮다니. 맛있는 음식을 먹고 이국적인 풍경을 관찰하는 것도 즐거웠지만, 나는 지긋지긋한 일상에서 벗어났다는 게 제일 행복했다. 다들 이래서 여행을 하는 건가 봐.

매일 남이 치워주는 호텔에 머물며 '오늘은 뭘 하고 놀까' 만 고민한다. 어딜 가볼까. 뭘 먹을까. 뭘 살까. 다 귀찮아지면 그냥 방에서 TV만 봐도 괜찮다. 알람을 맞출 필요가 없고, 만

원 지하철이 없고, 하루에 서너 개씩 과외를 하느라 목소리가 나오지 않을 정도로 말을 할 필요도 없다. 일상이 이렇게나 나를 옥죄고 있던 것이었나.

수많은 기억 중에 유독 선명하게 도드라지는 순간들을 짧게 설명하자면, 다름에 대한 충격이었다. 평생 나와 같은 인종 사이에서 사회가 주입하는 역할을 배우며 남들과 비슷한 속도로 자라온 나는 여행하며 '다양성'이 무엇인지 피부로 느꼈다. 거기선 누구나 친구가 될 수 있었다. 나이는 중요하지 않았다. 남자가 아이를 안고 유모차를 밀었다. 커다랗고 검은 개는 뒷발로 귀를 힘차게 긁으며 버스 바닥에 앉아있었다. 둔탁한 소리와 함께 수많은 털이 햇빛을 만나 눈에 띄게 공중에 흩어졌지만 아무도 신경 쓰지 않았다. 거리는 사람들이 입은 알록달록한 옷으로 가득 차 형형색색이었고 잔디밭에 드러누워 음악을 크게 틀어둔 채 담배를 피우는 청년들이 쉽게 눈에 띄었다.

모든 게 나에게는 충격이었다. 하지만 생각해보면 모두 지극히 당연한 일이었다. 사는 데 나이는 문제 될 게 없었고, 존댓말을 쓰며 마음에 경계선 하나를 치고 시작할 게 아니라 마음만 잘 맞는다면 누구나 나의 친구로 부를 수 있어야 했다. 아내보다 힘도 세고 체력이 좋은 남편이 아이를 안고 유모차를 끄는 것도 너무 합리적인 선택이었다. 여태 한국에서 단 한 번도 그런 장면을 보지 못했다는 게 되려 충격이었다. 지구는 인간의 것이 아니므로 우린 동물에게도 자릴 내어줘야 한다. 그들은 동물을 하나의 생명으로 대우할 줄 알았다. 한국에선 '이동장'이라는 그럴듯한 이름을 달고 있는 갑갑하고 좁은 가방에 강아지를 가두고 지퍼까지 잠가야 대중교통에 탈 수 있는데, 여기선 동물도 사람과 똑같은 생명일 뿐이었다.

패션에 관심이 많고 최신 유행을 좇는 한국인의 시선에서 우습게 보일 수 있는 복장도 많았지만, 그들은 그저 입고 싶은 옷을 입고 싶은 대로 입는 사람들이었다. 아무도 노골적으로 그런 사람들을 쳐다보거나 비웃지 않았다. 잔디가 망가지니 잔디밭에 들어가지 말라는 경고문도 없었다. 그들에게 잔디는 드러눕기 위해 있는 것 같았다. 그러고 보면 들어가지도 못하게 울타리를 쳐 놓을 공원 잔디밭이라면 존재의 이유가 무엇인가 싶다. 그냥 아무 식물이나 심어놓지 왜 비싼 잔디를 매번 짧게 깎으면서까지 아무도 건들지 못할 잔디밭을 만드는 걸까. 눈에 들어오는 모든 장면이 나에겐 충격이었고 동시에 의문이었다.

물론 그 후 몇 년이 지나며 한국도 많이 바뀌었고, 지금은 저만큼의 이질감은 느끼지 못한다. 그러나 여전히 이렇게 생생히 열거할 수 있을 정도로 생애 첫 유럽에서 대학생인 내가 느꼈던 충격은 컸다. 물론 반대쪽으로의 충격도 있었다. 어떻게 지하철 창문을 열고 달리지? 왜 화장실이 다 유료지? 왜 온갖 곳에 소변을 보지? 왜 이렇게 공사 중인 건물이 많지? 왜 대문은 안쪽으로 열리지? 기타 등등. 머릿속에 떠오른 물음표에 나는 하나하나 답을 찾아 나갔다. 한 달 내내 새로운 정보를 머릿속에 집어넣기 바빴다. 온몸이 살아있는 기분이었다.

히조 언니와 나는 온종일 웃고 다녔다. 세상의 끝이라는 절벽 위에 우뚝 서서, 허벅지 안쪽이 얼얼하도록 자전거를 타며, 센강 둔치에 앉아 끝내주게 맛있는 에그 타르트를 먹고, 겁 없이 튈르리 공원에서 낮잠을 자고, 유람선을 타면서.

스페인 시체스^{Sitges}의 한 골목. 영국, 덴마크, 프랑스를 거쳐 스페인에서 보내는 마지막 날. 우리가 늦은 시간까지 돌아다녔기 때문에 어느새 캄캄해진 밤하늘엔 수많은 별이 반짝거리고 있었다. 해변을 따라 줄지어 선 가로등에 주황 불빛이 켜졌고, 그 아래 우리의 얼굴은 덩달아 붉은빛을 띠었다. 여러 술집을 기웃거리며 어디를 가야 가장 맛있는 안주와 술을 맛볼 수 있을지 망설이는 나에게 언니가 말했다.

"우리가 뭘 선택하든, 완벽할 거야."

진짜 그랬다. 언니의 말끝에 들어갔던 가까운 가게에선 끝내주게 맛있는 치킨 윙과 흑맥주를 먹을 수 있었고, 바람 좀 쐬자며 걸어 나온 해변에는 우리밖에 없어서 스페인 작은 도시의 바다를 우리가 전세 낸 듯 즐길 수 있었다. 까만 바다를 마주하고 모래사장에 엉덩이를 대고 앉아서, 이번엔 내가 언니에게 말했다.

"누구 말대로 이번 도시의 마무리도 완벽하네."

가족

: 숫뚜

　가족이란 무얼까. 물보다 진한 피? 든든한 울타리? 가장 가까운 관계? 나는 가족이라는 말에 따라오는 이미지를 잘 모르겠다. 나에게 가족은 너무나 복잡한 것이라 어떤 형용사를 갖다 붙여도 설명할 수 없는 개념이다. 가장 처음 만나는 사람들이자, 가장 가깝게 지낼 수 있고, 내가 무슨 잘못을 하더라도 나를 포용해줄 수 있는 사람들이며, 본질적으로 나를 사랑해주는 사람들. 하지만 동시에 원치 않아도 가장 오래, 가장 가깝게 지내야 하며 포용과 사랑뿐 아니라 기대와 실망을 품는 사람들이기도 하다. 끔찍한 아동 학대가 자행되어도, 남편이 아내를 때려도, 장남을 위해 동생들의 꿈과 삶이 모조리 빼앗겨도, 바람났던 부모가 십 몇 년 만에 병원비 좀 대달라는 연락을 해와도, 가족이라는 이름 아래 모든 걸 지울 수 있다. '그래도 가족이잖아요.'라는 말은 너무나 강력해서 이웃도, 친구도, 경찰도, 사회도 그 말 앞에선 고개를 끄덕이며 한 발자국 물러선다. 암행어사 마패를 보고 무릎을 꿇는 사극 속 사또들처럼.

우리 가족은 내 기억이 선명해지기 시작하는 시기부터 이미 삐걱거리고 있었다. 내가 초등학교 저학년에서 고학년으로 올라가던 시기쯤, 부모님이 이혼을 했다. 이유는 아빠의 외도. 외가와 친가의 어른들이 다 모여 우리 집 거실에 동그랗게 자리를 잡고 앉아 서로 열을 내던 기억이 있다. 결국 큰이모와 작은고모는 머리채를 잡고 싸웠고 엄마는 캠코더를 꺼내와 나에게 이 상황을 녹화하라고 했다. 그때까지는 괜찮았다. 나는 여전히 엄마와 함께 살았고 아빠는 주말에 한 번씩 놀러 와 장난감을 잔뜩 안겨주거나, 엄마와 갈 수 없었던 놀이공원에 데려가 주곤 했으니까.

초등학교 졸업을 일 년을 앞둔 열세 살 어느 주말엔 아빠가 나에게만 할 비밀 얘기가 있다고 했다. 아빠에게 만나는 여자가 생겼고 이제 곧 결혼할 거라고. 결혼하기 전까진 엄마에게 말하지 말라고. 나는 뒤에 말까지 그대로 엄마에게 전했고, 아빠는 화를 냈다.

열다섯 살부터는 사춘기를 겪는 나와 엄마의 관계가 급격하게 나빠진 데다가, 엄마의 경제력도 걸림돌이 되어 나와 동생들은 아빠와 함께 살게 됐다. 아빠가 만난다던 여자는 어디로 갔는지, 아빠는 돌연 베트남 여자와 매매혼을 했다. 그 여자는 스무 살이었고, 나보다 키도 작고 왜소했다. 나와 다섯 살 차이가 나는 외국 여자에게 엄마 소리를 하라니. 아빠는 그렇게 아끼는 돈을 그 여자에겐 잘도 썼다. 무려 인터넷에 접속된다는 최신형 핸드폰, 다양한 높이의 하이힐…. 여담이지만 나는 성인이 되고 나서도 한동안 국물을 잘 먹지 않았는데, 어느 날 저녁 식탁에서 아빠가 그 여자를 가리키며 "베트남 여자들은 국물을 안 먹어서 이렇게 몸이 날씬한 거야. 너희도 그렇게 좀 해 봐."라고 별생각 없이 툭 던진 말이 마음 깊숙한 곳에 단단히 박혀버렸기 때문이다. 한쪽만 그러면 다행이런만, 설상가상으로 그 여자 또한 참 영악하고 못된 사람이었다. 열다섯 살의 중학생에겐 더더욱.

전학 오기 전 학교에서까진 매년 반장과 회장을 맡아 하고, 또래 무리를 이끄는 걸 좋아했던 나는 점점 내향적으로 변해갔다. 더 이상 친구들을 집에 초대할 수도 없었고, 학교 친구들과 같이 나가던 공부방에서도 우리 엄마 아빠가 이혼했다는 수군거림을 들어야 했다. 지금이야 그런 이야기가 들리건 말건 신경 쓰지 않을 수 있지만, 열네다섯 살의 나는 그런 게 너무나 창피했다.

아빠는 매사에 돈 돈 거렸다. 그놈의 돈. 교복값과 급식비가 아까우니 학교에 나가지 말라, 너 스무 살 되면 휴대폰 요금이며 교통비며 다 네 돈으로 내야 한다, 무슨 친구들이랑 노는 데 돈이 그렇게 필요하냐, 같은 말을 일상적으로 들으며 자랐다.

스물셋의 어느 날. 저녁에 집에 들어갔더니 키우던 고양이가 안 보인다. 남동생에게 고양이 어디 갔냐고 물으니 자꾸 엉뚱한데 오줌을 싸고 털이 많이 날려서 친구 집에 줬다는 충격적인 답변이 돌아왔다. 그전까지 사이가 그렇게 나쁘지 않았던 남동생이지만 나는 순간 이성을 잃고 고래고래 소리를 질렀다. 어떻게 가족 같은 애를 그렇게 쉽게 보내버리냐고. 왜 네 맘대로 결정하냐고. 소리가 커지자 아빠가 방으로 들어왔다. 나를 향해 조용히 하라고 윽박지르는 걸 보니 이미 아빠는 알고 있는 내용인 듯했다.

나는 멈추지 않았다. 더 소란을 피웠다. 두껍고 커다란 게임용 헤드폰을 쓴 채 모니터에 두 눈을 고정하고 있는 동생을 향해 할 수 있는 대로 악을 썼고, 책꽂이에 가지런히 꽂혀있었던 책을 손에 잡히는 대로 뽑아 바닥에 던졌다. 그러자 주먹과 발길질이 돌아왔다. 나는 베베만 데리고 집 밖으로 나와 경찰에 신고를 했다. 당장 도움을 줄 친한 친구도 불렀다. 집 근처에 파출소가 있었지만 놀랍게도 15분 거리에 사는 친구가 더 빨리 도착했다. 경위서를 작성하고 친구 집으로 가는 차 안에서 그제야 코뼈가 욱신거린다는 걸 느꼈다.

당시 나는 성수동에서 히조 언니랑 같이 패션 기업의 인턴을 하고 있었는데, 이런 욕 나오는 상황에서도 나는 출근을 해야 하니 잠을 자야만 했다. 친구 집에서 쪽잠을 자고 퉁퉁 부은 눈으로 성수역에 도착했다. 히조 언니에게는 오늘 조금 일찍 나와줄 수 있냐는 문자를 미리 보내 놓은 상황이었다. 우리는 회사 건물 일 층에서 만났다. 나는 간밤에 있었던 일을 털어놓았고, 거의 통곡하다시피 우는 나를 언니가 꽉 안아주었다.

몇 년이나 지나고 난 지금에서야 생각건대, 우리 가족은 모두 정신적인 문제가 있었던 것 같다. 구질구질한 상황이 인간을 구질구질하게 만들듯, 불안한 가정 안에서 우리는 모두 불안했던 게 아닐까. 그 상황에서 어느 누가 제정신일 수 있었을까. 나는 제일 머리가 큰 첫째로서 상처를 받았고, 둘째는 위아래로 치이며 마음의 문을 꽁꽁 닫았다. 막내는 사고도 제대로 할 수도 없는 어린 나이에 엄마와 떨어져 살며 삐뚤어졌고, 엄마에게는 당연히 훨씬 더 커다란 응어리가 있을 거다. 아빠와 엄마의 관계를 놓고 보면 엄마는 피해자다. 하지만 나와, 혹은 내 동생들과 엄마의 관계를 놓고 본다면...글쎄. 우리는 모두 서로에게 받은 상처가 있다.

엄마와 술을 마시거나 다툴 땐 늘 옛날얘기를 꺼낸다. 놀랍게도 엄마는 내가 하는 이야기의 대부분을 생전 처음 듣는다는 듯이 경청하는데 참 아이러니한 일이다. 상처 준 걸 기억 못 하는 성인과 성인이 되어서도 기억하는 아이. 하지만 내가 서두에 쓴 것처럼 그럼 나에게 가족은 최악의 사람들이냐 물으면 그렇다고 할 수도 없다. 나와 엄마는 어느 모녀지간보다 격렬하게 싸웠고, 오래도록 연락을 끊었고, 평범한 수준으로 관계를 회복한 지금도 여전히 서로 서운한 감정이 쌓이지만, 그럼에도 엄마만큼 나를 지지하고 응원해 주는 사람은 없고, 엄마만큼 대화가 잘 통하고, 편하고, 마음이 열려있는 엄마는 전 세계에서 몇 되지 않을 테니까. 우리는 가끔 싸우고, 냉전기를 갖고, 이해하려고 노력하고, 화해를 시도하길 끊임없이 반복한다.

나는 다만 가족이 절대적인 관계가 아닐 뿐이라고 생각한다. 성향이 맞지 않는 친구가 있다면 멀어지는 것처럼, 나와 맞지 않는 가족이라면 뒤돌아볼 필요 없이 버려야 한다고. 막상 눈 딱 감고 내리치면 끊기지 않을 것처럼 질겼던 관계도 날카롭게 잘린다. 그래도 괜찮다. 내 감정이 제일 우선이어야 하니까.

어렸을 때부터 받았던 도덕 교육 때문인지, 여전히 진득하게 남은 유교 문화의 영향인지 희한하게도 나는 종종 가족 구성원들에게 연민과 죄책감을 느낀다. 안주용으로 간이 잔뜩 되어 나온 땅콩을 통으로 사다 먹으며 의사가 견과류를 많이 먹으라고 했다고 멋쩍게 웃던 아빠의 얼굴. 내가 그걸 뺏어다 베란다로 치워버리고 권장 섭취 분량만큼 소분 되어있는 견과류 팩을 주문해 주었을 때 고맙다며 힐끗 쳐다보던 눈동자. 술에 취해 아빠와 결혼하기 전의 삶이 어땠는지 중얼거리는 엄마의 목소리. 삐딱선을 타다가도 엄마 얘기만 나오면 눈물을 터트리던 남동생의 떨리는 어깨. 그 잔상은 정말 엉뚱한 순간에 머릿속에 나타나선 쉽게 지워지지 않는다. 나는 그럴 때마다 우리를 '가족'으로 묶지 않으려고 노력한다. '모두 개인일 뿐이다'. '각자의 삶은 각자의 몫이다'. 그럼 이성을 켜켜이 덮고 있는 감정에서 벗어나 더 냉정해질 수 있다.

녹차 라테에 샷 추가

: 숫뚜

우리 학교의 미대 건물은 캠퍼스 가장 안쪽에 있었다. 대부분의 학교가 그러하듯, 우리 학교도 산에 지어져 있어서 안쪽이라는 건 곧 꼭대기를 의미했다. 지각이라도 할 것 같은 날엔 어쩔 수 없이 정문에서부터 가파른 오르막길을 뛰어야 하는 곳. 대학이라면 치를 떨 정도로 싫어하는 나지만 그래도 그 안에서 4년 동안 히조 언니와 쌓아온 작은 추억들은 가끔씩 나를 미소 짓게 만든다.

어디에도 속하지 못하고 겉을 빙빙 돌다가 한 학기가 끝나자마자 휴학을 했던 우리는 복학을 해서도 학교에 대해 아는 게 거의 없었다. 종아리가 뻐근해지는 오르막길을 오르지 않고 엘리베이터를 탈 수 있는 다른 길이 있다는 것, 복지관 학생 식당보다 법학관 학생 식당에 맛있는 메뉴가 훨씬 많다는 것, 동기들이 술 마시러 매번 간다는 노가리 집의 위치 같은 것들.

어느 날은 날씨가 너무 좋은데 아무도 앉지 않아 푸른 잔디밭이 텅 비어있었다. 잔디밭에 앉아 맥주 한 캔 하는 게 캠퍼스 로망이었던 우리는 당장 달려가 잔디에 엉덩이를 붙이고 앉았다. 삼십분가량 그렇게 앉아있었을까. 수업에 들어가기 위에 엉덩이를 툭툭 털고 일어서는데 바지가 축축하다. 깜짝 놀라 손바닥을 확인해보니 초록 물이 들었다. 그렇다. 어제 내렸던 비가 흙을 축축하게 적셨고, 잔디는 싱그런 초록 물을 잔뜩 뿜어내고 있었던 것이다. 그게 바로 아무도 잔디밭에 앉지 않았던 이유였다. 캠퍼스 로망을 한번 실천해보려던 우리는 푸르게 물들어버린 엉덩이만 남기게 됐지만, 그럼에도 서로가 있기에 즐거울 수 있었다.

또 어느 날은 복지관에 있는 기가 막히는 빵집을 갔다. 사실 신입생 때부터 이미 아는 사람은 다 알고 있는 유명한 빵집이었지만, 동기들과 별 교류가 없는 우리는 당연하게도 '아는 사람'에 속하지 못했다. 어쩌다가 그 빵집의 존재를 알게 된 건지 기억은 안 나지만 두근거리는 마음을 하고 빵집의 유리문을 열었던 건 생생하게 기억난다. 딸랑, 하고 경쾌한 종소리가 울렸다. 빵을 사러 줄을 서 있는 사람이 꽤 많아서 서둘러 자리를 잡았다. 연유가 윤기를 내며 좌르르 흐르는 연유 바게트도, 갓 구운 머핀도, 기름기 가득한 도넛도 모두 먹음직스러웠지만 우리는 어째선지 생크림 케이크에 꽂혔다. 학교 건물에 있는 작은 빵집이었기에 조각 케이크 같은 건 없었다. 평범한 사람들이었다면 포장을 해 가거나, 작은 빵을 먹었을 텐데 우리는 케이크 한 판을 사서 그 자리에서 먹었다. 남김없이. 생크림은 달콤했고 딸기는 상큼했다. 각자 케이크 반을 먹어 치우고도 물리지 않았다. 다 먹고 빵집을 나오면서 우리는 우리 말고 또 어떤 여자 둘이 생크림 케이크 한 판을 앉은 자리에서 다 먹을까, 하며 웃었다.

교양 수업을 들으면서도, 야작을 하면서도, 학교 근처에서 술을 마시면서도 만들어낸 추억이 많지만, 우리 둘의 학교생활에서 가장 그리운 점을 꼽으라면 아마 언니도 나도 망설임 없이 같은 곳을 선택할 것이다.

미대 건물이 꼭대기에 있는 덕분에, 건물 뒤쪽은 주차장으로 쓰이는 공터가 있었다. 심지어 북한산으로 들어갈 수 있는 길도 바로 그 공터에 있었다. 여담이지만 가끔은 거기서 멧돼지를 보기도 했다.

누가 먼저 시작했는지는 모르겠지만 모두 그 공터를 '뒤뜰'이라고 불렀다. 점심시간만 되면 흡연자들이 우르르 몰려와 담배나 피우다가 사라지는 삭막한 콘크리트 바닥을 누가, 왜,

'뜰'이라고 불렀는지는 모르겠지만 나는 그 이름이 참 좋았다.

우리는 뒤뜰에서 틈만 나면 만났다. 시간표가 다른 날에도, 같은 날에도. 한 손엔 딸기 요거트 프라푸치노를 들고. 프라푸치노는 나에게 상징적인 의미가 있었다. 먹지도 못하는 아메리카노를 마시다가, 메뉴에서 제일 비싼 프라푸치노를 마실 수 있다는, 그런 의미. 물론 딸기 요거트 프라푸치노는 맛도 있었다. 달콤하고 시원한 음료를 커다란 빨대 가득 쭉 빨아들일 때면 입 주위 근육이 슬그머니 움직였다. 우리는 그렇게 옅은 미소를 띠며 뒤뜰 의자에 앉아 듣기 싫은 강의를 빠지기도 하고, 과제를 하다가 뜨거워진 머리를 식히기도 했으며, 요즘 속상한 이야기와 기뻤던 이야기를 나누기도 했다.

언니와 내가 매번 같은 음료를 들고 뒤뜰 의자에 앉아있는 걸 본 후배가 하루는 이거 한번 마셔보라며 커피를 건넸다. 달콤 쌉쌀하면서도 고소한 커피 맛이었다. 마냥 달기만 하던 딸기 요거트 프라푸치노와는 전혀 다른 매력이 있었다. 뭐냐고 물으니 '아이스 녹차 라테에 샷 추가'라고 했다. 샷 추가라니. 뭔가 멋있어 보이잖아? 나는 한 번도 카페에서 샷이나 시럽 추가 같은 메뉴판 외의 주문을 해 본 적이 없었다. 그래서 녹차 라테에 샷 추가라는 말이 더 멋있게 느껴졌다. 나는 그때부터 거의 매일 카페에 가서 외쳤다. 녹차 라테에 샷 추가요.

베베

: 히조

아주 어릴 적, 옆집에서 키우던 까맣고 큰 개가 나를 쫓아
온 기억이 있다. 나는 눈물 콧물 다 빼며 죽기 살기로 달렸고,
나를 발견한 오빠의 친구가 자전거를 넘어뜨려 개가 다가오는
걸 막아준 일이었다. 그날의 기억 때문이라고 단정할 순 없지
만, 나는 그 뒤로 아주 오랫동안 개를 무서워했다. 물론 나는
비둘기, 고양이, 거미 등 움직이는 모든 걸 무서워하는 편이긴
해도 남들은 귀엽다는 강아지조차 내겐 목덜미가 바짝 설 만
큼 두려운 대상이었다.

이쯤에서 부끄러운 기억을 하나 꺼내 보자면, 20대 초반에 숫뚜와 내가 이태원의 한 술집에서 만나 술을 마셨던 날로 거슬러 올라간다. 이제 막 흥이 올라 재밌어지려는데 숫뚜가 집에 가야 한다고 말했다. 베베가 집에서 기다리고 있다고. 거기서 나는 몇 년을 이불킥할지 상상도 못 하고 이런 망언을 내뱉었다.

"나야, 베베야?!"

기억력이 좋지 않아 내 흑역사 따위는 깔끔하게 잊고 인생 편하게 사는 편이지만, 이 일만큼은 두고두고 입에 올리며 반성한다. 이 작은 생명의 소중함을 이해하지 못했으니 가능한 무례함이었겠지. 당시 숫뚜는 이런 상황이 익숙하다는 듯 "언니, 나는 나보다도 베베야."라고 말했다.

정확히 어느 순간부터 내가 베베를 이렇게 사랑하게 됐는지는 모르겠다. 자는 내 옆을 파고들어 팔에 고개를 묻는 베베를 느꼈을 때의 행복 때문인지, 숫뚜의 집에서 술을 마실 때면 내 무릎에 얼굴을 대고 올려다보는 베베의 사랑스러움 때문인지, 잠시 우리 집에 머물 때 내가 출근한 동안 베베가 현관문만 바라보고 있었다는 동생의 이야기를 들었을 때부터인지 알 수는 없지만, 이제 베베는 내게도 없어서는 안 될 존재가 됐음은 분명하다. 나는 그날의 무지에 대해 용서를 비는 마음으로 숫뚜와 약속이 있는 날 대부분은 그의 집으로 찾아가기 시작했지만, 어느 순간부턴 그저 베베가 보고 싶어서 분당과 일산이라는 먼 거리를 무시할 수 있었다.

　문을 열고 들어오는 나를 보면 베베는 한결같이 달려와 꼬리를 세차게 흔들며 앓는 소리를 낸다. 이토록 착하고 다정한 아이를 어떻게 사랑하지 않을 수 있을까.

: 숏뚜

베베는 올해로 열한 살. 무직의 토이푸들이다. 나는 베베가 내 손바닥 위에 다 올라갈 정도로 작았던 꼬물이 시절부터, 털이 하얗게 세고 잠이 부쩍 많아진 지금까지 쭉 베베와 함께였다. 어느 날 갑자기 다리를 전혀 쓰지 못하는 베베를 끌어안고 울면서 동물병원에 달려간 날도 있었고, 아침에 일어나면 내 팔에 주먹만 한 얼굴을 얹고 새근새근 자고있는 베베를 보며 한참이나 미소 지었던 날도 있었다. 베베는 나에게 이 세상보다도 커다란 의미다. 많은 사람은 내가 이토록 베베를 아끼는 걸 이해하지 못한다. 아마도 '그래봤자 개는 개다'라는 생각을 하는 거겠지.

나는 베베가 있기에 취업 대신 프리랜서의 길을 택했고, 베베가 집에서 혼자 기다린다는 생각에 영화관도 안 간다. 친구들과 약속은 대부분 우리 집. 대학교 졸업반이라 학교에서 오랜 시간을 보내야 했을 땐 교수님들께 허락을 받고 베베와 함께 등교하기도 했다. 이 작은 생명이 나에게 이토록 커다란 영향을 준다는 건 정말 신기한 일이다. 베베는 나를 조건 없이 사랑해주고, 기다려주고, 믿어주고, 용서해준다. 게다가 하는 짓이 얼마나 귀여운지. 당신이 개를 좋아하지 않는 사람이라도, 곧 베베의 매력에 빠질 거라고 장담한다. 여기 베베의 귀여운 순간들을 모았다.

술 두 잔의
그림자

우울을 이겨내야 한다고 말하고 싶지는 않다.
나조차도 내 우울을 어떻게 하지 못한다.
다만, 스스로를 위해 우리가 할 수 있는 선에서
이기적이었으면 좋겠다. 가끔은 도망쳤으면 좋겠다.

우울을 인정하기까지

: 숫뚜

한때 만나던 남자는 나한테 이런 말을 했었다. 너를 보면 하얀 꽃들이 생각나서 자꾸만 하얀 꽃다발을 사게 된다고.

실제로 사람에게 색이 있다면 나는 하얀 색과는 몹시 거리가 먼 사람이다. 손톱만으로도 생채기가 나는 여린 꽃잎과 다르게, 나는 거칠고 세상 때가 잔뜩 묻어있었다. 게다가 그 당시 나는 악조건이라는 악조건은 모두 가지고 있었다. 가난과 형편없는 가정, 주먹이나 휘두르는 아빠, 베트남에서 온 낯선 여자, 스물 몇 살이 감당하기엔 버거운 학자금. 그래서 아무도 이렇게 커버린 나를 욕할 수 없었다.

그 남자가 나에게 나 자신을 망가뜨리는 생활을 그만두라고 말했을 때, 나는 기다렸다는 듯 그날로 모든 걸 끊었다. 그때 그는 내가 자기를 좋아하기 때문이라고, 그래서 그렇게 그의 말을 잘 들은 거라고 생각하고 만족스러워했다. 하지만 지금 돌이켜 생각해보면 나는 그냥 누군가의 관심과 사랑, 그게 아니면 간섭이라도 절실히 바라고 있었기 때문이 아니었을까.

사방에서 옥죄어 오는 문제로 괴로워하는 나에게 그는 위로랍시고 서툰 말을 건넸다.

"너는 잘 할 거야. 중심을 잡으려고 노력해봐."

그리고 그 말에 나는 한숨 섞인 웃음을 지으며 답했다. 한 단어 한 단어를 꾹꾹 눌러 말하듯이, 천천히.

"나도 중심을 잡고 싶은데, 중심을 잡을 바닥이 없어."

내가 언제부터 우울이라는 감정을 사랑하게 되었는지 명확하게 알 수는 없다. 평생 나를 따라다니는 감정이라 자연스레 적응이 되어버린 건지도 모르겠다. 10대의 나는 일기를 썼는데, 엄밀히 말하면 매일 쓴 건 아니고 힘든 일이 있을 때마다 썼지만 거의 모든 날이 힘들었으므로 일기라고 봐도 무방하다. 나는 성인이 되고 나서도 우울감이 심해질 때마다 그 시기의 다이어리를 가끔 꺼내 읽어보곤 했다. 그럼 그 어릴 때의 내가 한없이 가여워지고 되레 지금의 내가 그때의 나에게 위로를 건네게 됐다. 그 나이에 뭘 안다고 이렇게 세상 사는 게 힘들었을까. 우울에 우울이 더해져 펑펑 울고 나면 조금 나아지는 기분이었다. 그런데 요즘은 그 일기들을 다시 읽는 걸 관뒀다. 차마 버릴 순 없지만 서랍장 깊은 곳에 꼭꼭 숨겨두었다. 이제는 그 일기 속 상처에서 내가 멀어졌다고 생각하기 때문이다. 예전처럼 감정 이입이 되지 않고, 옆 사람의 슬픔을 지켜보는 것처럼 한 발짝 떨어진 곳에서 글을 읽게 되면서 더 이상 내가 이것들을 자꾸 상기시킬 필요가 없다고 느껴졌다.

정확한 시작점은 알 수 없지만, 나는 우울을 떼어 낼 수 없는 나 자신을 인정하고 사랑하게 됐다. 내가 우울하지 않았더라면 매일 글을 쓸 일도 없었을 것이고, 다른 사람들이 내 색깔이라고 칭하는 나만의 감성이 탄생하기도 힘들었을 것이다. 현대 사람들이 기억하는 유명한 옛 예술가 중에도 한평생 우울증을 겪고 끝내 자기 혐오에까지 시달린 사람이 많다는 걸 보면서 '그래 나에게도 예술가의 피가 흐르나 보지' 하고 스스로 농담을 하기도 한다.

사람들은 모든 걸 너무나 쉽게 좋고 나쁨으로 나눈다. 예를 하나 들자면, 내향적인 성격의 사람들이 소심하고, 찌질하고, 답답한 사람들로 평가될 때 외향적인 사람은 사교적이고 재미있는 리더감으로 인정받는다. 그런 사회적 압박 사이에서 나도 한때 내향적인 나 자신이 틀렸다고 생각했었다. 억지로 밝게 행동하고, 피곤을 숨기고, 아무렇지 않은 척 사람들에게 다가가 말을 걸면서 내 성격을 바꾸려고 부단히 노력을 했던 때도 있었다. 나에게 맞지 않는 옷을 억지로 입으려고 했으니 제대로 될 리가 없었다. 나는 우울을 인정하면서, 내가 타고난 성향 자체도 받아들이게 되었는데 이제는 내가 단지 외향적인 사람이 아니라는 말도 안 되는 이유로 나를 바꾸려고 하거나 탓하지 않는다. 내향적인 사람들만 가지고 있는 선명한 장점이 있고, 나는 그 점들을 사랑한다.

마찬가지로 우울증은 우리 사회에서 늘 극단적인 모습으로 묘사되고 반드시 치료해야 할 것처럼 여겨진다. 마치 우울과 행복은 서로 닿을 수 없는 끝과 끝에 위치 한 것처럼. 그럼 우울하면서도 행복할 순 없는 걸까? 나는 내 기저에 우울이 깔려 있다고 생각한다. 이건 나의 깊은 곳을 형성하는 커다란 요소이고, 나는 아마 죽을 때까지 이 우울을 품고 가겠지. 그렇다고 해서 내가 매일 슬픔에 빠져있거나, 툭하면 자살 시도를 하거나, 불면에 시달리는 건 아니다. 나는 우울한 동시에 행복하다. 그럴 수 있다.

내 유튜브 영상에는 잦은 빈도로 음악이 처진다거나 화면이 너무 어둡다거나, 영상이 우울하다는 내용의 댓글이 달린다. 물론 나는 그러한 내가, 내 영상이 좋으므로 신경 쓰지 않는다. 앞으로도 나는 내가 하고 싶은 대로 할 것이다.

나를 혹사시키지 않기

: 히조

작년 겨울. 멀리서 응원하던 그가 스스로 목숨을 끊었다는 비보를 들었다. 말 한 번 섞어보지 못했지만 내면이 단단해 보이는 그가 진심으로 멋있다고 생각했었다.

그날 새벽. 눈이 퉁퉁 부을 때까지 울다 지쳐 겨우 두 시간을 잤음에도 지독한 악몽에 사흘 밤낮을 시달린 사람처럼 경기 일으키듯 이불 속을 뛰쳐나왔다. 이마에서 턱 끝으로 흐른 식은땀이 마르며 서늘한 공기를 피부로 실감케 했다. 그 순간 떠오른 게 가끔 블로그 비공개로 글을 쓴다는 숯뚜의 말이었다. 뭔가에 홀린 사람처럼 노트북을 열었다. 걸러지지 않고 내뱉어진 단어들이 손가락 끝에 맺혔다 떨어졌다. 찰나의 짧은 글이 내가 평생 써 온 어떤 글보다 솔직했다. 애써 부정해왔던 내 상태를 눈으로 마주한 순간이었다. 아픔은 분명해졌고, 오히려 울지 않았고, 나는 인정하기로 했다. 나는 그날에서 벗어나지 못했다. 흔히들 트라우마라고 표현한다. 이 말을 하기까지 10년이 넘게 걸렸다.

내가 지방에서 중학교에 다니던 시절만 해도 고등학교도 대학교처럼 성적에 맞춰 아이들을 줄 세워 잘라냈다. 그 때문에 고등학교를 잘 가야 대학교도 잘 간다는 말이 당연한 이치로 여겨졌다. 고등학교 배정 마지막 날. 일찌감치 입학이 확정된 아이들은 집으로 돌아가고 성적이 어느 사이에 애매하게 걸쳐진 아이들은 끝까지 기회를 엿보기 위해 교실에 남았다. 당시 우리 반엔 나와 S, 둘만이 황량한 교실 안에서 손을 잡고 기도하고 있었다.

항상 장난기가 가득한 웃음을 얼굴에 가득 머금고 있던 S는 나와 다른 무리를 가졌지만 쉬는 시간이면 가끔 장난을 치던, 퍽 친하지도 그렇다고 어색하지도 않은 같은 반 친구였다. 어렸을 때부터 사회성은 좋았지만 살가운 성격은 아니었던 내게, 눈만 마주치면 윙크를 날리며 사랑한다고 고백하는 S의 붙임성 있는 성격이 조금은 부담스러우면서도 한편으론 부럽기도 했다.

같은 목표로 기도하며 텅 빈 교실에 남아, 우리는 처음으로 마음속 깊이 묻어둔 이야기를 꺼냈다. 학교에 떨어지면 집에서 어떤 취급을 받게 될지, 집 안의 누군가와 비교를 당하게 될지 와 같은 현실적이지만 지금 생각하면 그 나이에 짊어지기에 무거운 고민을 주고받았다. 항상 웃기만 하던 S의 어두운 면을 몰래 훔쳐본 듯한 기분이 들었다. 그리고 우리는 그날 사이좋게 원하던 학교에서 떨어져 한 단계 낮은 학교로 입학이 정해졌다. S는 내 품에 안겨 목 놓아 울었다.

얼마 후 미리 내 생일을 축하한다며 친구들과 파티를 했던 크리스마스이브 전날, S에게 문자가 왔다. 나는 장난 섞인 내용의 문자를 친구들과 있다는 핑계로 제대로 확인하지 않았고, 한참 후에 보낸 답장은 돌아오지 않았다. 그리고 내 생일의 삭일은 S의 기일이 되었다. 나는 아주 오래 자신을 원망했다. 그때 내가 바로 답장을 했다면? S에게 나오라고 했었다면? 죄책감은 쉽게 꼬리에 꼬리를 물었다.

그날 이후 나는 친구들에게 장난으로도 쓴소리하지 못했고, 누군가의 힘들다는 말에 밤새 잠을 설치기도 했다. 그리고 10년 뒤, 나는 비슷한 일을 또다시 겪었다. 다행히도 지금은 어디선가 잘 살고 있겠지만, '언니, 저 어떡하죠?'라며 웃던 그 아이의 얼굴이 맴돌아 한동안 눈을 감으면 눈물이 났다.

일찍이 주변인의 갑작스러운 죽음을 경험한 사람은 내가 언제 죽을지 모른다고 생각하며 산다고 한다. 나는 내가 언제

죽고 싶어질지 모른다고 생각하며 산다. 오늘은 웃었지만 내일은 버티지 못할지도 모른다. 나는 그래서 미래를 걱정하여 지금 누릴 수 있는 걸 미루지 않는다. 한계에 부딪히면 모든 것을 내려놓고 스스로가 한심하게 느껴질 때까지 쉬기도 한다.

우울을 이겨내야 한다고 말하고 싶지는 않다. 나조차도 내 우울을 어떻게 하지 못한다. 다만 스스로를 위해 우리가 할 수 있는 선에서 이기적이었으면 좋겠다. 가끔은 도망쳤으면 좋겠다. 우리는 습관처럼, 장난처럼, '죽겠다', '자살각이다'라는 말을 입에 올리지만, 나는 그 말을 그저 흘릴 수가 없다. 두 번째 사건으로 나는 새해 다짐을 바꾸었다. 매번 부정 탄다며 마음속으로만 새긴 다짐을 이젠 친구들에게 이야기한다. 올해 목표도, 나를 혹사시키지 않기.

여행자의 기억

: 히조

모든 게 안 풀리는 날이 있다. 나는 보통 멀리서 약속이 있는 날엔 그 근처의 독립서점을 미리 알아보고 약속 시각보다 일찍 집을 나서는 편이다. 그날도 서점에서 여유롭게 책을 골라 공간을 구경하며 차를 한 잔 마시고, 친구를 만나 맛있는 저녁을 먹으며 평범한 하루를 보낼 줄 알았다.

두 시간 정도 여유를 두고 집을 나와 버스에서 카드를 찍으려고 보니 지갑을 두고 나왔다. 허겁지겁 집으로 돌아가 지갑을 가지고 나왔다. 그렇게 버스를 타고 이동하고 있는데 내 앞에서 커피를 들고 아슬아슬하게 서 있던 사람이 급정거에 못 이겨 중심을 잃었다. 지금이야 포장되지 않은 음식물을 들고 버스에 탈 수 없으니 다행이지만, 그때의 내 하얀 셔츠는 법의 보호를 받지 못해 갈색 얼룩이 생겼다. 이쯤 되니 헛웃음이 났다.

서울로 가는 버스를 갈아탔더니 그럴 시간이 아닌데도 차가 막힌다. 한참 후에야 앞에 사고가 났다는 걸 알 수 있었다. 심심한 버스 안에서 방문할 예정이었던 서점의 SNS를 구경하는데, '오늘은 개인 사정으로 평소보다 이른 저녁 6시에 문을 닫습니다'라고 적힌 최근 게시물을 발견했다. 갑자기 다가온 폐점 시간에 초조해지기 시작했다. 그래, 토스트가 떨어지면 꼭 잼 바른 부분이 아래를 향하고, 계산대를 둘러보다 줄이 짧은 곳에 서면 옆의 줄이 더 빨리 줄어들지. 머피라는 사람은 지금의 내 마음을 이해해줄까?

계획이 흐트러지는 게 싫었던 나는 결국 지하철로 갈아타기 위해 버스에서 내렸는데, 발을 디딘 그곳에서 그만 멈추고 말았다. 머리 위로 하늘을 곱게 물들인 분홍빛 물결이 높은 건물까지 이리저리 번져 반짝이고 있었다. 몽글몽글한 분홍색 구름은 신비롭기까지 했다. 이런 순간에 나는 직감적으로 느낀다. 이건 카메라가 표현할 수 없는 예쁨이니 눈으로 가득 담아야 한다고. 서점의 폐점 시간은 어느새 까맣게 잊고 서서 분홍

색이 보라색이 될 때까지 하늘을 보다가, 나는 목적지를 바꿔 조금 걷기로 했다. 촉박했던 시간은 금세 여유로운 산책으로 변했다. 좋아하는 노래를 들으며 거리를 걷다 문득 로마에서 비슷한 감정을 느꼈던 날을 떠올렸다.

당시 첫 유럽 여행이라 정보가 부족했고, 무엇보다 돈이 넉넉하지 않았던 숫뚜와 나는 숙소를 고를 때도 대부분 가격을 가장 우선순위에 두고 생각했다. 이제 와서 하는 얘기지만 로마라는 지명만 보고 가격 대비 깔끔한 숙소라고 골랐던 게 화근이었다. 우리의 숙소는 로마의 중심인 떼르미니 역에서 두 시간이나 걸리는 곳이었는데, 작은 버스가 디스코 팡팡 타듯 흔들리는 비포장도로를 한 시간 가까이 달렸던 기억이 지금도 아찔하다. 나중에 알고 보니 로마는 서울의 두 배 크기였는데, 로마라면 어디든 거기서 거길 거라고 생각했던 게 우스웠다. 아무튼, 그네만 타도 멀미를 하는 내겐 숙소로 가는 길이 울릉도로 가는 뱃길이나 다름없었다. 모든 게 낯설기만 한 타지에서 나는 두 번이나 버스에서 내리고 싶은 충동을 느꼈다.

목적지에 내려 한적한 산길을 조금 더 올라가자 주황색 지붕의 숙소가 보이기 시작했다. 호스트인 조셉은 멀리서부터 웃으며 손을 흔들어 주었다. 푸근한 인상에 늘 사람 좋은 미소를 짓고 있던 그는 그날 저녁 하루 종일 굶었다는 우리에게 맛있는 파스타까지 만들어주었다. 파스타의 고장은 역시 다르다며 우리는 연신 엄지를 치켜들며 그릇을 싹싹 비웠다. 그리고 나는 그 파스타를 먹고 배탈이 나서 남은 4박 5일의 여행 중에 이틀을 숙소에 박혀있어야 했다. 그때도 애꿎은 머피를 찾았다.

둘째 날 숫뚜는 로마를 둘러보러, 조셉은 일하러 나간 텅 빈 집에서 홀로 머물며 오후까지 화장실만 들락거렸다. 전날 새벽부터 속을 비워 허기가 진 나는 참다못해 조셉이 웰컴 푸드라고 놓은 과자를 뜯어 먹었는데, 다 먹고 보니 유통기한이 1년 넘게 지난 제품이었다. 순간 그가 나를 죽이는 게 목적인가 하는 생각이 들었다.

겨우 정신을 차려 홀쭉해진 배를 부여잡고 숙소 밖을 나온 게 로마에 도착한 지 삼 일째 되던 날이었다. 한적한 시골 마을에 있던 숙소는 버스 배차 간격이 엉망이라 우리는 중심부로 나가기 위해 때 이른 로마의 더위 속에서 한참을 서 있어야 했다. 지친 마음에 다시 숙소로 돌아갈까 싶을 즈음 버스를 탔는데, 한동안 앉아있으니 창밖의 풍경이 묘하게 낯설었다. 알고 보니 우리가 탄 것은 목적지와 반대 방향으로 가는 버스였다. 우리는 황급히 버스에서 내렸다. 서울이었다면 단박에 택시를 불렀겠지만, 우리가 서 있는 곳은 풀과 나무가 지천으로 깔린 낯선 로마의 끝자락. 하릴없이 우리는 무릎 정도로 오는 풀밭 사이를 걸어 정류장으로 돌아가야 했다.

그렇게 터덜터덜 말없이 바닥만 보며 걷던 나를 어느 순간 숫뚜가 불러 세웠다. 그가 가리킨 손가락 끝엔 벤치에 앉아 있는 두 사람이 있었다. 남자는 여자의 무릎을 베고 누워 눈을 맞추고, 여자는 그런 남자의 머리카락을 쓰다듬고 있었다. 불과 몇 발 떨어진 곳에서 우리와 다른 세상에 오로지 둘만 존재하는 것처럼, 서로에게 빠진 그 모습이 아름다워 우리는 말 없이 걸음을 멈췄다. 그제야 주변의 풍경이 눈에 들어왔다. 이름 모를 큰 나무와 역시나 이름 모를 예쁜 꽃들. 순식간에 눈에 담긴 장면이 너무도 비현실적으로 다가왔다. 인생에서 내가 만난 어떤 아름다움과 비교해도 뒤지지 않을 한 폭의 그림 속에 앉아 있다는 걸 저 사람들은 알고 있을까. 내가 시인이라면 이 자리에서 저 사람들을 위한 시를 한 편 짓고, 음악을 했다면 이곳을 기억할 노래를 만들었으리라. 떨어지지 않는 발걸음을 겨우 돌려 다시 목적지로 향했지만, 우리의 마음은 불과 5분 전과 완전히 달라져 있었다. 발걸음은 가볍고 기분은 상쾌하고 여행은 역시 즐거웠다.

앞서 말했다시피 숙박에 돈을 많이 아낀 우리는 파리에서 처음으로 카우치 서핑을 했다. 카우치 서핑이란 말 그대로 소파couch+서핑surfing의 합성어로, 홈페이지를 통해 잠잘 곳을 제공해줄 호스트와 미리 대화를 나누고 스케줄이 맞으면 호스트의 집에서 무료로 숙박을 할 수 있는 플랫폼이다.

파리에서의 두 번째 카우치 서핑 호스트인 아지즈는 내 나이 또래의 젊은 남자였다. 우리는 아지즈의 집에서 함께 시간을 보내면서 그가 좋은 사람인지 아닌 사람인지 계속 헷갈렸는데, 떠나기 전날 감사의 마음으로 우리가 준비한 음식을 함께 먹으며 그가 '아닌 사람'이라고 확신할 수 있었다. 미리 마트에서 장을 보고 들어와 작은 주방에서 지지고 볶으며 음식을 만들어 온 우리 앞에서 혼자 잔을 가져와 콜라를 마시던 그는, 포크를 엉성하게 잡고 몇 입 깨작거리더니 급기야 담배를 피우기 시작했다. 우리는 표정 관리가 점점 힘들어졌고, 결국엔 모두가 입을 닫았다. 영원할 것 같은 적막 속에서 끔찍한 점심 식사가 끝이 났다. 우리는 먹은 것을 설거지하며 오늘 밤엔 밤새 밖에서 놀고 아침에 돌아와 가방만 챙겨 나가자고 약속했다. 그렇게 서둘러 준비를 하고 "우리 나갈게!"하며 인사를 하니 그가 자신이 함께하길 원하냐고 물었다. 당황한 우리가 "우리랑 같이 가고 싶어?"하며 묻자 "내가 같이 갈까?"라고 또다시 물어왔다. 나는 끝까지 그러라고 하지 않고 되물었다. 아니, 그래서 같이 가고 싶냐고…?

결국 잘 모르겠다는 내 말에(분명 내 표정이 좋지 않았을 거라 확신한다) 그는 옷을 챙겨 입고 우리 뒤를 따라나섰다. 유럽에 와서 처음으로 때리고 싶은 사람이 생긴 순간이었다. 이판사판이다 싶어 우리는 와인 두 병과 과자 한 봉지를 사서 센강으로 향했다. 우리가 이쯤에서 자리를 잡자고 하면 그는 계속 더 좋은 장소가 있다며 우리를 이끌었다. 걷기도 너무 걷은 데다 그가 마음에 들지 않는 상태였으니 그것도 좋게 보이지 않았다.

그렇게 한참을 걷다가 길게 늘어진 나뭇잎들을 헤치고 마주한 풍경 앞에서, 숫뚜와 나는 일제히 탄성을 질렀다. 그곳은 우리가 전날 바토 무슈를 탔을 때, "꼭 저기서 술 마셔보고 싶다."라고 말했던 장소였다. 작은 섬처럼 삼면이 파리의 전경으로 둘러싸인 강의 한가운데 앉아, 무슬림인 그 대신 숫뚜와 나는 역시나 와인을 한 병씩 손에 들고 건배했다. 그때부터 거짓말처럼 모든 게 행복해졌다. 자기 일에 대한 것 외에 말을 아끼던 그가 꼭 우리 또래 남자애들다운 시시콜콜한 이야기를 하기 시작했고, 와인은 끝내주게 맛있고, 내가 이곳에 있다는 걸 믿기 힘들 만큼 파리의 밤은 아름다웠다. 지금 닥친 일이 불행이라고 섣불리 결론지을 필요가 없다는 걸 나는 이렇게 여행에서 깨달을 수 있었다.

떠나고 싶은데 이유가 필요한가, 라고 한다면 그렇다고 말할 수밖에. 떠나기 위해선 생각보다 큰 용기가 필요하다. 온전히 여행을 위한 시간과 돈을 만들기란 대부분의 사람에게 쉽지 않은 일이니 말이다. 나의 첫 유럽 여행은 지리멸렬한 일상으로부터의 도피였다. 아니, 사실 대부분의 여행이 그랬다. 투자한 시간과 돈, 마음에 대한 보상을 받지 못할까 초조했던 나를,

여행은 언제나 실망하게 하는 법이 없었다.

　어딘가에 존재해 숨만 쉬어도 행복할 수 있다는 걸 알려준 런던, 자연의 경이로움에 전율하게 만든 아이슬란드, 인생에서 두 번은 못 할 경험을 하게 해 준 파리, 내가 꿈꿨던 유럽의 모습을 보여준 로마. 여행은 순간의 예쁨을 발견하게 하고 새로운 즐거움을 깨닫게 하며, 이는 일상에 돌아와서도 문득 고개를 내밀어 그런 소중한 경험이 있었음을 잊지 않게 만든다.

내가 생각하는 미니멀라이프

: 히조

나는 원래 물건을 수집하는 취미가 있었다. 일주일에도 몇 번씩 집으로 저렴한 옷이나 화장품 택배가 도착했다. 그중 립스틱은 뷰티 블로그를 운영할 정도로 좋아해서 포장도 뜯지 않은 걸 포함하면 70개는 거뜬히 넘었을 거다. 방 안에 딸린 벽장은 진작에 닫기를 포기하고 문을 떼버렸고, 침대며 책상 위아래로 물건이 가득했다. 내 방에 애정이 없었고, 당연히 집에서 시간을 보내는 걸 좋아하지 않았다. 눈만 뜨면 친구들을 만나러 나가기 바빴다. 집이라는 존재는 내게 그저 잠을 자는 공간이었다.

대학 졸업 후 내게 말로만 듣던 슬럼프가 찾아왔다. 하고 싶은 일도, 할 의지도 없는 상태로 침대에 누워 천장을 바라보고 있는 날이 이어졌다. 한 달 생활비만 겨우 벌기 위해 나가는 아르바이트가 유일한 외출이었다. 그러던 중 정확히 기억나지 않을 정도로 우연한 기회에 유튜브를 통해 미니멀 라이프에 대한 다큐멘터리를 보게 됐다. 그때만 해도 미니멀 라이프라는 개념이 생소했다. 영상에서는 한 일본 남자가 텅 빈 원룸에 앉아 밥을 먹고 있었다. 그는 한 장의 수건을 바로바로 빨아서 사용했다. 잠을 자던 이불은 잘 개어져 소파가 되었다. 그는 집안의 모든 물건을 꺼내는데 10분도 채 걸리지 않았다. 처음엔 그저 '저런 삶도 있구나'라는 충격이 컸던 것 같다.

먹을 땐 분명 입맛에 크게 맞지 않는데, 자꾸만 생각나서 결국 다시 찾게 되는 게 평양냉면이라고 했나. 다큐멘터리를 본 그날부터 내 머릿속에선 텅 빈 그의 방이 기척 없이 떠올랐다. 그러다 눈을 뜨면 물건이 빈틈없이 들어찬 내 방이 숨막히게 답답해 보였다. 나는 침대에서 벗어나 가장 눈에 띄는 책상 위를 조금 치웠다. 누가 비질을 하고 간 듯 마음 한구석이 시원해졌다. 조금 더 해보고 싶어졌다. 어떤 일이든 첫 단계에 관련 책을 사는 게 습관인 나는, 당장에 서점으로 달려가 사사키 후미오, 도미니크 로로 같은 유명 미니멀리스트의 책을 구매했다.

학창 시절 꼭 듣는 질문 중 하나가 존경하는 사람에 대한 것인데, 나는 그 질문이 참으로 난처했던 기억이 난다. 연필 끝에 손이 오래 머무르고, 입이 쉽게 떨어지지 않았다. 닮고 싶은, 배우고 싶은, 발자취를 따라가고 싶은 누군가가 한순간에 떠오르지 않았기 때문이다. 이런 내가 관련된 몇 권의 책을 독파한 후, 자신을 미니멀리스트라고 칭하는 이들이 진심으로 부러워졌다. 가지지 않은 것에 욕심내지 않는 삶. 불필요한 것에 에너지를 낭비하지 않는 삶. 물건뿐 아니라 마음도 정리하는 삶. 간결하고 평화로운 삶의 모습을 닮고 싶었다. 다시 내 방을 둘러보았다. 음, 역시 갈 길이 멀다.

거대하게 쌓인 물건들을 처리해야겠다는 결심이 들자마자 골리앗 앞에 선 다윗의 심정으로 커다란 쓰레기봉투와 재활용 박스를 옆에 끼고 물건을 쓸어 담기 시작했다. 오래된 립스틱, 더 이상 보지 않는 전공 책, 이미 팔아버린 전자기기의 설명서, 중학생 때 입고선 '유행은 돌고 돈다'며 쌓아둔 옷들(정말 돌았던 걸까), 나오지 않는 볼펜들, 새해마다 사놓고 첫 페이지를 못 넘긴 다이어리로 봉투와 박스는 금세 터질 듯했고, 이제는 문이 닫히는 옷장과 책을 볼 자리가 생긴 책상을 보며 나름 뿌듯하기도 했다. '생각보다 별거 아니네' 하며 첫발을 디뎠다는 성취감도 잠시, 문제는 그다음 단계였다. 없어져야 마땅한 물건들이 모두 빠진 후, 쓰레기봉투를 앞에 두고도 버릴 것이 나오지 않았다. 분명 물건은 아직 넘치는데 이것도 쓸 것 같고, 저것도 쓸 것 같았다. 나는 물건이 많이 필요한 사람인가 싶고,

생각해보면 딱히 쓰지는 않지만 없으면 허전할 것 같았다. '이만큼 했으면 됐지, 뭐' 싶었다면 문제가 아니었겠지만 나는 좀 더 내려놓고 싶었다.

나는 나름의 규칙을 세우기 시작했다. 처음엔 1년 동안 쓰지 않은 것을 기준으로 비웠다. 내게 필요를 다했을 뿐 물건의 쓰임이 다하지 않은 것들은 중고로 판매했다. 한동안 쏠쏠한 용돈 벌이가 됐다. 물건의 비움과 동시에 방에 생기는 여백은 중독성이 깊었다. 나는 6개월, 3개월로 기준을 좁혀갔다. 어느 순간엔 초등학생 때부터 모았던 추억의 물건이 들은 상자도 비울 수 있는 용기가 생겼다. 블로그에 사진과 글을 올려 추억은 남기고 물건은 버렸다. 비슷한 물건이 여러 개일 땐 고민 후 한 가지만 남겼다. 비움의 기간 동안, 나는 살면서 가장 긴 시간 나에 대해 생각했다. 나의 동선, 습관, 가치, 선호에 대해 오래 고민했다. 어느새 슬럼프 따위는 잊고 나는 비움의 즐거움에 푹 빠져 그것에 몰두했다.

내 취향을 고민하고 그 밖의 것을 덜어내는 과정은 마치 매일 붙어 다니는 단짝 친구의 새로운 모습을 발견하는 것과 같다. 다 안다고 생각했지만 그럴 리 없고, 조금 놀랍지만 더 가까워진 기분이 들었다. 나는 매일 다른 색의 립스틱을 바르고 밖에 나가는 것보다 집에서 혼자 음악을 들으며 책을 보는 것을 좋아하고, 생각보다 요리를 잘하며, 빈 공간이 주는 안정감에서 삶의 즐거움을 느끼는 사람이었다. 무엇보다 처음 내 공간이 비었다고 느꼈을 때, 침대에 모로 누워 책을 읽었던 기억이 아직도 강렬하게 남아있다. 책장을 넘길 때마다 내가 앉아 있는 공간의 빈틈 사이사이로 문장들이 공기처럼 여유롭게 순환하는 듯했다. 빈 공간은 내게 그만큼의 자유를 줬다. 이날 느낀 감정은 내가 미니멀 라이프에 완전히 빠지는 계기가 되었다.

내가 겪어 온 과정과 느낀 점을 블로그를 통해, 얼마 전부터는 유튜브에 함께 기록하기 시작했다. 무언가를 꾸준히 한다는 건 당연히 귀찮음을 동반하며, 그 방법이 공개적이라면 수많은 사람의 입맛을 모두 맞출 수 없음을 각오해야 한다. 간혹 어떤 사람들은 악의를 가득 품은 말투로 내게 보여주기식 미니멀 라이프라고 말했다. 이쯤에서 난 의문이 든다. 보여주기식 미니멀 라이프는 왜 나쁘지?

엄밀히 말하면 나는 '내게 보여주기식 미니멀 라이프'다. 내게는 '오래 봐도 질리지 않는 것'이란 취향이 있고, 그 때문에 꽃이 쏙쏙 박힌 그릇이나 체리 색 책상을 쓰지 않는다(순전히 내 취향이다). 고된 하루의 끝에 조금 더 부지런히 몸을 움직여 내 취향의 깔끔한 그릇에 예쁜 음식을 담아 먹으면 나를 소중히 하는 기분이 든다. 사계절 내내 사용하는 적당한 두께의 하얀 이불은 날이 좋은 날 깨끗하게 빨아서 널어놓으면 그렇게 행복할 수가 없다. 중요한 건 필요한 물건만 소유하여 아끼고 오래 쓰는 것이지, 각자의 성향과 취향에 따라 다를 겉모습이 아니다.

유튜브를 시작하며 꽤 다양한 내용의 악플을 받았다. 외모 평가나 의미 없는 비난은 삭제 후 대부분 잊어버리지만, 미니멀 라이프에 대한 이야기는 끝까지 읽어보려 노력한다. 내가 틀렸다는 걸 인정해서라기보단 다양한 생각을 알고 싶기 때문이다.

여러 댓글을 경험하며 내가 놀란 점은 누군가의 특별한 경험을 흔한 일이라는 이유로 깎아내리는 사람들이 꽤 많다는 것이다. 우울의 끝에 독서로 삶의 기운을 다시 찾은 사례가 많듯, 미니멀 라이프 또한 그렇다. 지독한 슬럼프 속에서 물건의 비움을 통해 오히려 에너지를 채웠다는 사람들이 많다. 이런 경우를 두고 '그건 뭐 흔한 일이죠'라는 한 마디로 상대의 소중한 깨달음을 쉽게 취급하는 걸 종종 목격했다. 경험이 로또 1등도 아니고 누군가와 함께하면 가치가 떨어진다고 생각하는 걸까?

최근에 한 블로그 이웃이 자신의 게시물에 나타나 '당신이 무슨 미니멀리스트야?'라고 무례한 댓글을 단 사람에 대해 이야기했다. 같은 날 내 영상에 '미니멀 라이프가 뭔지는 아냐?'라는 댓글이 달렸다. 내 이름을 걸고 처음 내는 책에 분량을 할애하여 이런 내용을 쓰는 이유는 비난의 목적보다는 이런 이야기를 들어야 하는 미니멀리스트들을 위함이다. 실제로 내게 '저 정도면 미니멀 라이프는 아니겠죠?'라고 물어보는 사람들이 꽤 있다.

미니멀 라이프는 사전적 의미로 일상생활에 필요한 최소한의 물건을 두고 살아가는 삶이다. 삶의 모습이 사람마다 다르다는 건 누구나 인정(해야)하는, 지극히 당연한 사실이다. 그러니 필요한 물건의 가짓수도 다를 수밖에. 아이를 키우는 사람은 육아용품이, 미대생은 미술도구가, 요리를 좋아하는 사람은 식기가 남들보다 많이 필요하다. 내가 처한 상황, 시간, 경험에 따라 필요한 물건의 종류와 가짓수가 변하기도 한다. 미니멀 라이프엔 정답도 결말도 없다는 말을 하고 싶다. 미니멀 라이프는 방법론이 아닌 방향성에 대한 이야기이기에, 각자 다른 모양의 삶의 방식을 품에 안고 실천하면 된다. 망설여지는 것은 넣어두고 지금 할 수 있는 것부터, 할 수 있는 만큼, 각자의 걸음걸이와 속도로. 나 또한 아직 과정에 있다고 생각하여 자신을 미니멀리스트라고 칭하는 일을 꺼리지만, 포기할 수 없는 물건으로 스트레스받는 사람들에게 한 번쯤 하고 싶었던 이야기다.

내가 시를 읽는 이유

: 히조

80년, 90년 대생은 축복받은 세대라고 말한다. 스마트폰으로 음식을 주문하고 전자책 단말기로 독서를 하지만 마음속 한 구석에 비디오테이프가 늘어질 때까지 만화를 보던 기억을 안고 사는, 문화의 패러다임이 격변하는 흐름을 손끝으로 흡수한 세대이기 때문이다. 디지털 환경과 문화 속에서 자랐으면서도 인간적이고 아날로그적인 감성을 지닌 세대. 누군가는 이들을 '포스트 디지털 세대PostDigitalGeneration'라고 이름 붙였다. 내가 첫 스마트폰을 손에 쥔 게 딱 20살 때였으니, 축복은 몰라도 변화의 중심이 되는 두 가지를 온전히 느꼈음은 분명하다.

언젠가 친구들과 함께 차를 타고 가면서 요즘 즐겨 듣는 노래를 주제로 이야기를 나눴다. 나는 핸들을 돌리며 "영국 가수인데, 엄청 멋있는데… 감자라는 단어가 떠오르는데 가수 이름이 생각이 안 나네…"하며 말끝을 흐렸고, 친구 M은 "아, 누군지 알 것 같아! 보컬이 무대에서 담배 피우며 노래 부르는 영상 정말 멋있는데… 나도 가수 이름이 생각이 안 나네…"라며 머리를 긁적였다. 뒷좌석에 앉아 있던 C가 익숙하게 스마트폰을 꺼내서 검색하기 시작했다. 우리가 끝내 기억하지 못한 이름은 포티쉐드^{Portishead}였다. 나는 요즘 명사가 잘 기억나지 않는다고 말했고, 누군가는 MP3에 한 곡 한 곡 신중하게 담은 20곡 남짓의 노래를 하루 종일 반복해서 들었던 그때라면 상상도 못 할 일이 아니냐며 웃었다. 차 안에 있던 모두가 고개를 끄덕였다. 집으로 돌아와 씻고 저녁을 먹고 침대 머리에 기대어 책을 읽는 내내 친구들과의 대화가 잔상처럼 떠올랐다. 나는 우리가 놓치고 사는 것들에 대해 생각했다.

얼마 전 내 유튜브 영상에 누군가 댓글을 남겼다. 정확한 내용은 기억이 나지 않지만 대략 '어떤 미니멀리스트가 전자책 대신 종이책을 보냐'는 것이었다. 많은 미니멀리스트들이 물리적인 것을 처분하고 디지털로 남긴다는 걸 알고 있다. 그들은 과거의 사진과 메모를 스캔 후 비우고, 컴퓨터에 일기를 쓰고 어플로 일정을 정리한다. 공부한답시고 봤던 수많은 미니멀리스트들의 책이나 영상에 나온 내용이고, 처음 미니멀라이프를 접했을 땐 나도 몇 가지를 따라서 실천하기도 했다. 그중엔 종이책 비우기도 있었다.

내가 세운 목표는 1년 동안 소장하는 종이책을 5권 정도로 제한하고 나머지를 전자책으로 대체하는 것이었는데, 세 가지 이유로 기한을 얼마 남기지 않은 채 포기했다. 첫 번째 이유는 가끔은 연필을 들고 습관에도 없는 밑줄을 죽죽 그어가며 내가 공감하고 있음을 표현하고 싶기 때문이고, 두 번째는 책이 켜켜이 쌓인 공간에서 안정을 느끼는 나를 위함이고, 마지막은 책방 주인이 꿈인 내가 서점에서 책을 사지 않는 게 웃기다고 생각했기 때문이다. 모든 이유가 종이책이 가진 물리적 성질의 부재에서 비롯됐다. 나름의 규칙도 다시 세웠고, 시도를 해봤으니 비우지 못한 것에 대한 미련도 남지 않았다. 대신 가끔씩 연기처럼 피었다 사라지던 의문이 또렷하게 자리했다. 미니멀라이프와 아날로그는 공존할 수 없는 것인가? 더 정확히 말하자면, 디지털이 작고 편하고 무한하다는 이유로 아날로그를 무시하는 삶이 옳은 것일까?

호감이 있는 친구에게 러브장 한 권을 건네며 '좋아한다'는 말을 백 가지 방법으로 돌려 말하던 때가 있었다. 병원에 입원한 선생님을 위해 친구들과 함께 밤새 접은 종이학 천 마리를 선물하던 때가 있었다. 동생과 함께 응원가를 녹음한 테이프를 출근하는 엄마의 가방에 몰래 넣던 때가 있었다. 좋아하는 영화를 USB에 담아 보관하다 메모리가 가득 차면 삭제할 영화를 고르느라 한참을 골머리 앓던 때가 있었다. 점심시간이면 친구들과 도서관에서 만화 잡지를 보는 재미로 학교에 가던 때가 있었다. 이사 가는 날 우연히 발견한 일기장을 뒤적이며 눈시울을 붉히던 때가 있었다. 그때가 그리운 건 비단 과거의 일이기 때문은 아닐 거다.

나는 이제 10년 가까이 알고 지내며 지금도 함께 많은 걸 공유하는 친구의 전화번호를 정확히 외우지 못한다. 나는 내비게이션 없이 새로운 길을 가지 않고, 도착 정보 없이 버스를 기다리지 않고, 무언가를 기억하기 위해 애쓰지 않는다. 기대하는 영화를 영화관에서 보기 위해 시간을 내지 않고, 돈을 아껴 좋아하는 가수의 음반을 사지 않는다. 불편을 감내하지 않고 기다림을 즐기지 않는다. 모든 건 '그럴 필요가 없기 때문'이다. 이 작은 기계가 세상을 보여줄 거라는 기대와는 달리, 내 세상을 손바닥만큼 작아지게 만들어버렸다.

어쩌면 그래서 내가 아직도 시를 읽는지도 모르겠다. 그래서 시를 닮은 옛날 노래를 듣는지도 모르겠다. 그때를 손에 쥐고 만져보진 못해도 머릿속에 잠시 띄워볼 수 있게 해준다. 단어를 곱씹으며 오래 기다리고 깊이 생각하는 시간을 만든다. 손쉽게 기록하고 얻을 수 있는 시대에 필름카메라와 턴테이블에 대한 수요가 높아지는 건 아마 나처럼 아날로그적 사유로의 회귀를 원하는 사람들이 많아졌기 때문일 거다. 그들은 기꺼이 불편하고 수고롭기를 바라는 마음으로 빠르게 흘러가는 시류에서 건져낸 아날로그를 품에 안는다.

　나는 이마에 '낭만'이 새겨진 사람을 좋은 사람이라고 생각했다. 현실의 틀에만 갇혀서 생각하지 않는 사람. 가끔은 불필요한 모험에 자신을 던져보는 사람. 좋아하는 시의 한 구절 정도는 꺼내어 보일 수 있는 사람. 결국 아날로그를 손가락 사이로 흘려보내고 마는 내가 좋은 사람이 될 수 있을까. 혈혈히 남은 것을 놓치지 않기 위해 나는 무엇을 경계해야 할까.

모든 술은
각자의 잔이
따로 있지

: 숫뚜

작년 5월. 내 흥미를 끄는 책 한 권이 세상에 나왔다. 김혼비 작가의 〈아무튼, 술〉. 세 출판사가 공동으로 진행하는 프로젝트로, 작가들이 가장 좋아하는 한 가지를 뽑아 책을 쓰고 제목에 '아무튼,'을 붙이는 일명 '아무튼 시리즈'. 아무튼 망원동, 아무튼 피트니스, 아무튼 요가…. 김혼비 작가가 가장 좋아하는 한 가지는 술이었던 것. 술을 말도 안 되게 좋아해서 술에 관해서만 쓴 에세이라니 이거 참 내 얘기가 아닐 수 없다. 나, 그리고 히조 언니는 술을 사랑하는 마음이라면 세상 누구에게도 지지 않는다. 오랜 시간 같이 술잔을 부딪히며 쌓아온 에피소드도 상당하다.

아마도 우리가 처음으로 같이 술을 마신 건 대학교 MT였을 거다. 난 주량을 믿고 부어라 마셔라 하다가 필름이 뚝 끊기고 다음 날 아침 어안이 벙벙하게 일어났었다. 다행인 건 히조 언니도 취한 덕분에 나의 엄청난 추태를 보지 못했다는 것이다. 만약 그걸 제정신으로 목격했다면 우린 친구가 될 수 없었을지도.

아무도 우리를 이해하지 못하는 것 같은 우울한 학부 시절에도 우리는 술을 마셨다. 수업이 끝나고 학교 근처 삼겹살집에서 누구들의 욕을 하며. 그 삼겹살집은 냉동 삼겹살을 파는 아주 작은 가게였는데, 환기가 제대로 되지 않아 겨울에도 실내가 몹시 더웠다. 한 시간만 그 안에 앉아있어도 온몸에서 돼지고기 기름 냄새가 났다. 그래도 우린 자주 갔다. 소주와 맥주도 취급했지만, 특이하게도 '대통주'라는 게 있었는데 대나무 통에 숙성을 시킨 술이라고 했다. 정식 명칭은 죽통주竹筒酒로 한국의 전통 술이다. 제대로 된 죽통주는 아니었겠지만 어쨌든 맛은 있었다. 대나무 모양을 한 술병에 담겨나오는 것도 재미있었고. 우리는 학교에 다니며 도대체 그 집에서 대통주 몇 병을 비웠을까?

대체로 우리는 늘 소주를 마신다. 빨리 취하니까. 그러나 가끔은 상황에 따라 꼭 마셔줘야 하는 술이 있다. 양갈비와 마시는 고량주가 그렇다.

나는 익숙한 걸 좋아하는 사람이라 어느 한 가게가 마음에 들면 질릴 때까지 간다. 게다가 빈도도 일주일에 두세 번으로 매우 잦으니 직원들과도 금세 눈인사를 하게 된다. 그러면 왠지 단골의 역할을 더 잘해줘야 할 것 같은 이상한 의무감이 생겨서 더 열심히 친구들을 데리고 간다. 집 근처에 있던 양갈빗집도 그런 수순으로 히조 언니와 방문하게 된 가게 중 하나였다. 보통은 양갈비에 칭따오를 마시지만, 술꾼끼리 만났으니 맥주로 성이 찰 리 없었다. 우리는 별 망설임 없이 고량주를 시켰다. 250mL. 양은 적지만 도수가 높아 만만하게 보면 안 된다. 내가 좋아하는 가게에서 내가 좋아하는 사람과 내가 좋아하는 술을 마시다니. 기분이 좋지 않을 수 있나! 한 병은 두 병이 되고, 두 병은 세 병이 됐다. 우리는 다음 날도, 그 다음 날도 또 양갈비에 고량주를 마시러 갔다. 매번 갈 때마다 250mL 3병을 비우니 나중엔 사장님이 그냥 처음부터 500mL로 시작하는 건 어때요? 그게 더 싼데, 라고 권할 지경이었다.

여행하면서는 와인을 마신다. 이유는 간단하다. 소주는 없고, 맥주는 잘 안 취하니까. 호텔 방에서도, 센강 앞에 앉아서도, 런던의 잔디밭에 누워서도. 우리는 손에는 늘 와인이 한 병씩 들려있었다. 누가 와인은 한 모금씩 음미하며 홀짝이는 술이라고 했는가. 모든 술은 취해야 제맛이다. 그리고 우리를 진정한 술꾼으로 인정해야 하는 대목은 바로 여기. 이처럼 다양한 상황에서 다양한 술을 끝없이 마셔도 단 한 번도 싸운 적 없다는 것.

: 히조

한때 내 주사는 전화 걸기였다. 내가 이렇게 말하면 대부분 입을 틀어막고 "이를 어째….."하는 반응을 보이지만, 다행히도 나는 전 남친이나 전전 남친, 그러니까 친구가 아닌 이성에게 술을 먹고 전화해서 흑역사를 만든 기억이 없다. 내 취중통화의 수신자는 언제나 친구들이다. 내용은 '있잖아'로 시작해서 '사랑해'로 끝난다. "내 마음 알지?"라는 말은 긍정의 대답이 돌아올 때까지 반복한다. 술을 마신 날의 귀갓길은 평소 표현이 서툴다고 생각하는 내가, 취기에 용기를 얻어 친구들에게 마음을 전달하는 시간이었다. 시간이 지나 이제는 술이 깬 다음 날 발신 목록을 확인하지 않아도 되지만, 가끔 주변에서 예고 없이 찾아오던 열렬한 밤의 고백이 그립다고 말해준다. 나 또한 그렇다.

내가 술을 사랑하는 이유는 크게 두 가지다. 상대와 마주 앉아 알딸딸하게 취해가는 과정 자체가 즐겁고, 술을 마셔야 나눌 수 있는 취기 묻은 대화가 좋다. 평소에 하지 못하는 이야기는 술 먹고도 하지 말라지만, 순전히 그것은 각자가 판단할 문제다. 나는 술이 한 잔 두 잔 목으로 넘어가 볼이 붉어지고 자세는 흐트러지다 마음속 깊은 곳에서 "있잖아….."하며 조심스레 나오는 이야기를 좋아한다. 그에 평소보다 적극적으로 감정을 내보일 수 있는 취한 나도 좋다.

어느덧 10년 가까이 술을 사랑해오며 이걸 적절하게 즐기는 방법도 터득한 것 같다. 누군가는 예전보다 몸을 사린다고 핀잔을 두지만, 이런 말은 더 급격하게 술맛을 떨어뜨릴 뿐이다. 몇 해 전만 해도 가끔은 원치 않는 술을 목으로 넘기던 순간이 있었다. 나는 술에 그날의 분위기, 표정, 어느 찰나, 주고받는 이야기, 돌아오는 길의 산책 같은 것이 담긴다고 생각해서 '영양가 없는 술'이라는 말에 동의하지 않는다. 바꿔 말하면, 내 기준에서 영양가 없다고 판단되는 술은 부드럽게 거절한다. 다만 내게는 그날 끌리지 않을지언정, 눈이 오나 비가 오나 앉은 자리를 박차고 일어나 나갈 채비를 하게 만드는 무언가가 있다. 그건 바로 친구들의 SOS다.

"희주야, 오늘 뭐 해?"

글자에도 표정이 있다. 분명 같은 말인데도 어떤 날은 장난기 가득한 웃음을 머금고, 어떤 날은 어딘가 모르게 그늘이 져 있다. 나는 그 안에 숨겨진 구조요청을 단번에 눈치챈다. 이럴 땐 "무슨 일 있어?" 보다는 "오늘 만날까?"라는 말이 적당하다고, 반대 입장이었던 과거의 내가 말한다. 이렇게 만난 날은 "있잖아….."라는 물꼬 없이 대화가 터진다.

H는 오늘 회사에서 불합리한 일을 겪었다. 나는 H보다 한 층 더 큰 목소리로 상사 욕을 하는 것으로 위로를 대신한다. 술을 즐기지 않는 H가 오늘은 술이 달다며 소주 한 병을 더 시켰다. 나는 말리지 않는 대신 집으로 가는 길에 숙취해소제 한 병을 사서 손에 쥐어 보냈다. 시린 손을 주머니에 넣고 나도 걸기

시작한다. 각자의 앞에 놓인 술잔에 대해 생각한다. 술잔을 내려 두고 눈물을 삼키던 H를 떠올린다. 역시 세상에 사연 없이 부딪히는 술잔은 없다고 느끼며 속도를 늦춰 천천히 걸었다.

한때 직장동료였던 A는 술은 꼭 집에서만 마신다. 술만 마시면 집을 못 찾기 때문이다. 옛 친구 K는 친구들이 만나주지 않으면 인터넷으로 술 모임을 찾았다. 하루라도 술을 마시지 않으면 견디기 힘들다고 했다. 나는 아무리 술이 고파도 혼자서는 소주를 마시지 않는다. 오가는 대화 없이 취하는 게 재미없기 때문이다. 누군가는 초코우유 없이 술을 못 마신다고 했고, 누군가는 퇴근 후 넷플릭스를 보며 와인을 마시는 게 인생의 유일한 낙이라고 했다.

우리는 모두 술잔에 각자의 사정을 담아 마신다. 어제의 후회, 오늘의 서러움, 내일의 걱정이 잔 위로 넘친다. 가능하다면 언제라도 소중한 이의 흑기사가 되어 그 잔을 대신 넘기고 싶지만, 애석하게도 할 수 있는 일은 내 잔을 들어 그저 옆에 있다고 알리는 것뿐이다.

* 우리의 단골집

고기가 맛있는 집
_꽃등심이 유명한 일산 고깃집

라무진
_양갈비에 고량주가 최고

지하 102호
_애견동반 가능한 합정 이자카야

주방
_모든 안주가 끝내주게 맛있는 망원동 애견동반 술집

술 세 잔의
　　　사색

나는 간혹 기계의 스위치를 탁하고 끄듯,
세상과 단절되고 싶다고 느낀다.
내가 꿈이 아닌 잠이란 행위에 집착하는 이유도 그 때문이다.
나는 주기적으로 혼자가 되어야 하는 사람이다.
참으로 다행인 점은 사람은 잠을 자야만 살 수 있는 존재이며,
이 글을 마치면 나는 오늘 빨아 바삭하게 마른 베갯잇에
얼굴을 묻을 수 있다는 것이다.

돈

: 슛뚜

내가 좋아하는 말이 두 개 있다. 둘 다 비슷하지만, 입버릇처럼 참 자주 되뇌는 말들이다.

"하늘이 무너져도 솟아날 구멍은 있다."
"사람이 죽으란 법은 없다."

이 문장들은 내가 아무리 힘든 상황에서도 최소한의 낙천을 유지할 수 있게 도와준다. 일찌감치 가족과 단절된 20대가 학교를 다니며 아르바이트를 해서 생활하기란 여간 어려운 일

이 아니다. 매 순간 이 세상에 존재하기 위해 나는 돈을 내야만
했다. 월세, 관리비, 통신비, 국민연금…. 아무것도 안 하고 가
만히 있어도 나가는 돈만 해도 이 정도였고, 거기에 교통비며
식비, 의료비 등이 더해지면 매달 200만 원 정도는 고정적으로
벌어야 여유 있게 살 수 있다는 계산이 나왔다.

　내가 근검절약하며 사는 사람이라면 150만 원 정도만 벌어
도 살 수 있었겠지만, 나는 어렸을 때부터 아빠의 돈 돈 거리는
모습에 넌덜머리가 나버린 사람이라 씀씀이가 작지 않았다. 절
대 돈 때문에 구질구질하게 살지 않겠다는 나만의 결심이랄까.
수중에 2만 원밖에 없는 날에도 치킨이 먹고 싶으면 고민 없이
시켰다. 만약 그 상황에서 돈 때문에 먹고 싶은 치킨을 포기한
다면 내가 이렇게 고생하며 사는데 고작 치킨 한 마리도 마음
대로 못 먹는구나, 라는 생각에 급속히 우울해졌기 때문이다.

　나는 돈 대신 시간을 아꼈다. 하루에 몇 개의 일정을 소화
하면서 그 사이에 여유 시간을 두지 않고 따닥따닥 스케줄을
잡는 건 밥 먹는 시간조차 아깝기 때문이고, 며칠만 기다리면
대폭 할인 행사를 한다는 제품을 지금 정가에 사는 이유는 오
늘부터 할인 행사가 시작하기 전까지 그 제품을 누리는 시간과
기쁨이 차액보다 더 소중하다는 생각 때문이고, 남들보다 택시
를 자주 타는 건 줄을 서 버스를 기다리고 만원 지하철을 지나
쳐 보내며 길에서 허비하는 시간이 미치도록 아깝기 때문이다.
보다시피 대부분의 경우에 시간을 아끼려면 돈을 쓸 수밖에 없

다. 나는 그래서 돈이 그렇게도 없었나.

그런데 사람 사는 건 참 신기하다. 아무리 머리를 쥐어짜도 돈 나올 구멍이 없는 순간들엔 늘 새로운 기회가 온다. 예컨대 며칠째 만 원이 채 안 되는 통장 잔고를 보고 극심한 우울에 빠져 친구에게 전화를 걸어 사는 게 왜 이렇게 힘드냐고 대성통곡을 하고 나면 다음 날 스냅 촬영 문의가 들어온다거나, 더 이상 일도 안 들어오고 아르바이트를 구하는 것도 너무 힘들어 동아줄 잡는 심정으로 시작한 포토샵 과외가 대박이 난다거나, 왕복 4시간 거리에서 과외 신청이 들어왔는데 돈이 궁하니 갈까 고민하고 있으면 10분 거리에서 다른 과외 신청이 들어오는 일들이랄까. 나는 그럴 때마다 역시 사람이 죽으란 법은 없다며 마음을 놓는다.

돈은 참 나를 쉽게 들었다 놨다 한다. 어제까진 돈 때문에 울었는데 오늘은 돈 때문에 웃는 아이러니라니. 사실 나뿐만 아니라 세상 대부분 사람들에게 돈은 애증의 존재일 것이다. 돈 때문에 울고 돈 때문에 웃는 날들이 반복된다. 놀고먹기 위해 돈이 필요하고 돈을 벌기 위해 일을 하지만 결국 그 때문에 놀고먹을 시간이 없다. 숫자만 놓고 비교해보면 지금의 나는 몇 년 전에 비해 수입이 열 배 정도 늘었다. 나는 더 행복해졌고 풍족해졌지만, 여전히 돈 걱정을 한다.

당신이 착실하게 저축을 하는 월급쟁이라면 비교적 돈에 덜 시달릴 것이다. 매달 같은 날짜에 같은 금액이 통장으로 들어오고 어느 정도의 안정성이 보장되니까. 하지만 나 같은 프리랜서들은 야생에서 살아가는 한 마리의 표범이 되어야 한다. 사냥감, 그러니까 돈이 될 만한 일을 찾아 헤매지 않으면 굶어 죽을 수밖에 없다. 눈앞에 사냥감이 있는데도 그냥 보낸다면 다음 사냥감은 언제 발견하게 될지 아무도 모른다. 운이 나쁘다면 정말 굶어 죽기 직전까지 갈 수도 있다. 그래서 과거의 나는 일이 들어오는 대로 다 했다. 매달 수없이 많은 수강생을 만났고, 다양한 이야기를 들었다. 그중 정말 기억에 남는 조언을 이 책에 남길까 한다.

그 수강생은 30대 후반의 남자였다. 서울에서 부동산을 몇 개나 운영하고 있었는데 나이가 한참 어린 나에게 깍듯이 선생님이라고 부르며 예의를 갖추는 모습에 정말 괜찮은 사람이라고 생각했다. 수업도 열심히 들었고, 매사에 의욕적이었다. 일을 좋아하고 열심히 하는 모습이 나랑 비슷해 보였다. 몇 달간의 과외가 끝나고 마지막으로 밥을 같이 먹었는데 그도 우리가 닮았다고 생각했는지 나를 보면 과거 힘들었던 자신이 겹쳐 보인다며 조언을 해줬다. 지금처럼 오프라인으로 과외를 한 명 한 명 하면서는 쉽게 지치고 돈을 많이 벌 수도 없으니 다른 방향을 찾아보라고.

나는 돈을 잘 벌 수 있는 다른 분야를 찾아보라는 말로 이해하고 이게 내가 잘하는 일이라 다른 일을 찾기는 힘들 거라고 대답했는데, 그 뜻이 아니었다.

그의 아내는 스페인에서 오래 살았고, 그래서 스페인어에 능통하다고 했다. 결혼하며 한국으로 완전히 넘어온 그의 아내는 처음에 외국어 학원의 강사로 취업을 알아봤다고 한다. 스페인어가 강점이니 스페인어를 팔아보려고 한 것이다. 하지만 그는 아내에게 강점을 1차원적으로 팔지 말고 더 큰 사업의 도구로 이용하라고 조언했다. 결국 그의 아내는 화장품 사업을 시작했고, 유창한 스페인어를 이용해 남미 쪽에 수월하게 수출길을 열게 되었다.

나는 그 이야기에서 많은걸 깨달았다. 저렇게 해야 돈을 버는구나. 나는 내가 잘하는 걸 어떻게 도구로 이용할 수 있을까?

독서의 흔적

: 히조

　뜬금없는 고백이지만, 나는 평소 생각이 많은 편이 아니다. 자신을 '결정 바보'라고 칭하는 사람답게 어떤 결정을 내리는 순간에도 그렇지만, 가만히 앉아 일명 '멍 때릴 때' 이런저런 생각을 하는 타입이 아니다. 흔히들 상상력이 부족하다고 표현한다. 숫뚜는 자연스레 둘 사이에 침묵이 흐르면 습관처럼 내게 물어온다. "언니는 지금 무슨 생각 해?" 그럴 때마다 나는 "응? 아무 생각도 ….."라고 대답한다. 숫뚜가 나와 나란히 앉아 머릿속으론 밥도 먹고 산책도 하고 누군가를 만나는 동안 나는 암전 된 방 안에서 눈이 적응되길 기다리듯 까만 세상을 마주할 뿐이다.

자동 세척 기능이 있는 까만 칠판 같은 머릿속을 가지고 있는 나지만, 책장 앞에 있는 나는 달랐다. 나는 한강의 〈작별〉속 주인공이 되어 눈사람이 된 내 몸을 내려다보기도 하고, 〈시녀 이야기〉의 시녀가 되어 디스토피아적 현실의 탈출구를 찾았으며, 〈낯선 일상을 찾아, 틈만 나면 걸었다〉를 읽으며 내 지난 여행을 떠올렸다. 책은 이렇게 나를 생각하는 의자에 앉힌다. 그리고 나는 그 순간 그곳에 존재하는 나와, 머릿속의 수많은 나와, 이 공간과 내가 아주 멀리 떠나있는 그 낯선 공간을 좋아한다. 책은 내 무수한 직간접 경험을 모아주는 매개체다.

졸업 후 처음 들어갔던 회사를 그만두고 나는 해방감에, 몰려온 피로함에, 마음속 깊은 곳에서 스멀스멀 올라온 어떤 의무감에 사로잡혀 일주일을 방구석에 틀어 앉아 책만 파헤쳤다. 아침에 일어나 반쯤 떠진 눈으로 손을 더듬어 책을 짚고, 자기 전까지 이리저리 몸을 뒤집어가며 책장을 넘기다 박명이 얼굴 위로 내릴 즈음 기절하듯 잠에 빠졌다. 어이없고도 신기한 건, 다음 날 일어나면 읽었던 책 내용이 가물가물했다. 말 그대로 흰 건 종이요, 까만 건 글씨인 상황에서도 난 다른 책을 골라 들어 습관처럼 이불 속을 파고들었다.

재수 시절 공부하듯 책을 뒤적인 얼마의 시간 동안 약간의 시력 저하와 맞바꾸어 내가 깨달은 것은, 책은 아무 이유 없이 내게 무언가를 내주지 않는다는 점이다. 기계처럼 글자만 훑어내리는 독서의 후유증은 온종일 블루 스크린으로 눈 비비며 보는 드라마 정주행 후에 찾아오는 허무함과 크게 다르지 않았다. 독서로 마음의 양식을 쌓아야 한다는 얘기는 아니다. 나는 독서가 그저 킬링타임이면 왜 안 되냐는 생각을 가진 사람이다. 하지만, 적어도 내가 소중히 간직했다가 이따금 꺼내어 볼 고전 영화 속 오르골 같은 기억을 얻길 바란다면 어느 정도의 준비는 해야 한다는 걸 알게 됐다.

〈바깥은 여름〉의 김애란 작가는 최근 강연에서 이런 말을 했다. "낙관이나 희망은 의지나 성격의 문제가 아니라, 컨디션의 문제일 수 있다." 책도 마찬가지다. 내가 책 속의 주인공과 만나고 그의 이야기를 듣기 위해선 이를 포용할 수 있는 컨디션이 되어야 한다. 어느 정도 몸과 마음의 여유를 갖추면 한 권, 두 권의 책이 모여 책장에 꽂힐 때마다 내 머릿속에 행복한, 저릿한, 기억해야 할, 만나게 될 이야기가 쌓일 수 있다. 켜켜이 쌓인 책처럼 기억도 언젠가 먼지가 쌓이고 닳겠지만, 둘 다 그건 그대로의 멋이 있다는 걸 이젠 안다.

충분한 컨디션이 준비되었다면, 취향에 맞는 책을 즐긴다. 어떤 일이든 그렇지만 책을 읽는 방법도 사람마다 다르다. 누군가는 밑줄을 긋고 책을 접어가며 책 자체에 물리적인 흔적을 남기고, 누군가는 핸드폰이나 컴퓨터로 타이핑하여 디지털로 남긴다. 어떤 방법이든 옳다. 다만, 나는 옮기는 것에 그치지 않고 내가 오래 머물게 되는 문장 앞에서 '나의 무엇이 이 문장에 머물게 하는지' 생각하는 시간을 가진다. 영향을 주는 주체를 책에 두지 않고 나에 두는 방법이다.

몇 년 전에 재밌게 읽었던 책을 시간이 지나 다시 읽었을 때 실망하게 되는 경우가 있다. 반대의 경우도 그렇다. 내게 쌓인 시간이, 현재의 장소가, 요즘 자주 하는 생각이 같은 책을 읽어도 다른 결과를 낳게 만든다. 그래서 나는 멈춰 있는 책이 아닌 시시때때로 변하는 내게 집중한다. 문장이 그저 몸을 통과하게 두지 않고 조금 흘려보낸 후 내 안에 남겨 놓은 흔적을 살펴보는 일이다.

우리는 눈앞에 닥친 일을 해결하는 것에 바빠 자신을 돌아볼 여유를 챙기지 못한다. 아무런 문제도 없는데 뭔가를 자꾸 놓친 것 같은 기분, 무언가를 두고 온 듯 헛헛한 마음을 안고 퇴근길 만원 지하철에 몸을 싣는다. 그래서 나는 의식적으로 나에 대해 생각하는 시간을 만든다. 내 필사 노트는 일종의 일기장을 겸하는데, 눈이 두 번 가는 문장을 옮기고 그 아래에 내 생각을 적는다. 해당 문장에 대한 생각뿐 아니라 떠오르는 가사, 과거의 경험, 내가 이어가고 싶은 이야기를 끄적이고 가끔은 그림도 그린다. 내 머릿속 풍경을 재현한다면 내 필사 노트를 똑 닮아 있을 거다.

책은 이렇게 나를 상상하게 하고, 기억하게 하며, 스스로 질문하게 만든다. 좋은 책과 나쁜 책의 기준은 잘 몰라도, 내게 남는 책과 안 남는 책은 뚜렷하게 기억하는 이유다.

혼자가 되는 시간

: 히조

나는 어릴 적 일명 새 나라의 어린이였다. 저녁 9시면 귀신같이 이불 속에 누워있고, 아침이면 스스로 일어나 누구보다 먼저 나갈 채비를 하는 나를 보며 엄마는 나를 거저 키운다고 말했다.

어릴 적 규칙적인 생활에 대한 사춘기가 뒤늦게 온 것일까. 나이를 한 살 한 살 먹을수록 내 생활패턴은 (사회 기준으로) 엉망이 되었다. 낮보다 밤에 더 작업이 잘되고, 더 많은 아이디어가 떠오르고, 놀기도 더 잘 노는 일명 올빼미 체질이 된 것이다. 어린 시절과 공통점이 딱 하나 있다면, 하루 일정에서 '잠'이 굉장히 중요하다는 것. 사실 어릴 적 일찍 잠자리에 든 이유도 잠을 조금이라도 더 자기 위해서일 뿐이었다. 온전히 나만의 구역인 침대 안에서 엎치락뒤치락하며 이불 속을 파고들고 베개에 얼굴을 묻으며 스르르 잠에 드는 포근하고 몽글몽글한 기분. 그 기분이 내겐 하루의 어떤 일정보다 중요했다.

늦잠이 가능해진 성인이 되고부터 나는 본격적으로 잠에 집착하기 시작했다. 친구들이 브런치 약속이라도 잡을라치면 "너네끼리 먹고 난 오후에 합류할게!"라고 말했다. "역시 그럴 줄 알았다." 하면서도 친구들은 이해를 못 하는 내 사정을 말로 설명하기 힘들었다. "그냥 잠이 좋아."라고 했지만 그걸론 어딘가 부족했다.

어느 날의 술자리에서 내 10년 지기 지인은 미리 예매를 하지 않고 꼭 영화관에 가서 시간을 알아보고 티켓을 산다기에 이유를 물었더니, 매일매일이 정해진 시간에 맞춰야 하는 일뿐인데 쉬기 위한 영화 감상까지 본인의 시간표에 못 박고 싶지 않다고 대답했다. 나는 그 말을 듣고 무릎을 탁 쳤다. 맞다! 나는 내게 큰 스트레스 해소이자 휴식의 방법인 잠에서 벗어나야 하는 시간에 타이머를 맞추는 행위가 싫었다. 하루 중 유일한 나만의 시간을 그 무엇도 방해하게 두고 싶지 않았다. 시끄러운 알람으로 몸을 일으키는 건 수강 신청에 실패한 시간표 속 1교시로 충분했다.

좋아하는 것은 그것에 대해 잘 안다는 것이고, 잘 아는 만큼 그것에 대해 민감할 수밖에 없다. 누군가 내게 이불과 베개 중 하나만 고르라면 난 망설임 없이 베개를 고를 것이다. 1920년 남아프리카에서 출토한 오스트랄로피테쿠스 화석의 두개골 밑에도 쇄석이 깔려 있었다는데, 어쩌면 본능적으로 당연한 일인지도 모르겠다. 양질의 잠을 위해서 이불은 너무 두껍지만 않으면 되는데, 마음에 드는 베개가 아니면 잠을 잘 이루지 못한다. 툭하면 '결정 바보'임을 들먹이면서 베개를 고를 때만큼은 나름 깐깐하다. 꼭 필요한 것만 남기는 게 목표인 내 미니멀 라이프에서 베개가 2개를 차지하는 것은 비단 친구를 초대하는 것을 좋아하기 때문만은 아니다.

나는 베고 자는 것 외에 안고 자는 베개가 꼭 하나 더 있어야 한다. 베개를 안고 자는 버릇은 내 인생을 회고할 때에 가장 첫 장면을 장식할 만큼 오래전부터 시작됐다. 보들보들한 구름을 안은 듯 바스락거리는 베개를 품고서 내 손가락은 베갯잇 속에 툭 튀어나와 미끈거리는 그것을 만지작거렸다. 대학교를 의상 디자인 학과로 진학한 후에야 그것이 '케어라벨'이라는 이름이 있다는 걸 알았다. 나는 그냥 '미끌이'라고 불렀다.

어렸을 적 내 서랍은 미끌이로 가득했다. 베개 속에 손을 넣고 자다 그 자세가 불편하다는 것을 알 만큼 머리가 컸을 땐, 마음에 드는 것들을 잘라다 책상 서랍에 모아두기 시작했다. 등 굣길엔 그중 하나를 골라 항상 주머니에 넣어 다녔다. 수업이

지루할 때 주머니에 손을 넣어 미끌이를 만지작거리다 보면 이미 머릿속에서 나는 하교 후 침대에 누워 한가득 베개를 끌어안고 낮잠을 3시간쯤 자고 있었다. 상상만으로도 마음이 편안해졌다. 매일매일 미끌이가 모지랑이가 되도록 매만졌다. 친구들에게는 부끄러워 말 못 하는 비밀이었지만, 나름 손끝의 감각이 예민해져 점차 미끌이에 대한 취향도 견고해졌다. 전문지식이 생기고 나서 내 미끌이 취향의 소재를 구별할 줄 알게 됐을 땐, 이미 나의 오랜 버릇이 사라진 후였다.

더 이상 주머니에 미끌이를 넣어 다니지 않지만 나는 아직도 베개를 안고 잔다. 베고 자는 것은 절대 높아선 안 되고, 안고 자는 것은 오래 있어도 팔이 아프지 않게 유연해야 한다. 잠에도 촉감이 있다면 손끝으로 휘감았을 때 이처럼 기분 좋게 바스락거리며 부드럽고 따뜻할 것이다. 나만의 방에서, 나를 위해 존재하는 침대 위에서, 순면의 베개에 맨살이 닿을 때, 그제서야 나는 온전히 혼자가 된다.

누구나 한 번쯤 모든 걸 놓아버리고 싶은 순간이 온다. 나는 간혹 기계의 스위치를 탁하고 끄듯, 세상과 단절되고 싶다고 느낀다. 내가 꿈이 아닌 잠이란 행위에 집착하는 이유도 그 때문이다. 나는 주기적으로 혼자가 되어야 하는 사람이다. 참으로 다행인 점은 사람은 잠을 자야만 살 수 있는 존재이며, 이 글을 마치면 나는 오늘 빨아 바삭하게 마른 베갯잇에 얼굴을 묻을 수 있다는 것이다.

방랑벽

: 히조

"당신은 무기력하다고 느낄 때, 어떻게 극복하려고 하나요?"

누군가의 갑작스러운 질문에 나는 잠시 얼었다. 내가 하고 싶은 대답은 "무기력을 기꺼이 받아들여, 일이 하고 싶어질 때까지 쉬어요."이지만, 이런 대답은 현실적으로 도움이 되지 않고, 그가 원하는 대답도 아니었을 거다.

나는 자주 무기력하다고 느낀다. 사실 이 글을 쓰고 있는 요즘도 그렇다. 당장에 친구와 약속한 날까지 글을 써야 하고, 한 주 동안 영상 두 개를 제작해서 광고 업체에 컨펌을 받아야 한다. 일정이 빈 날을 찾기 힘든 캘린더를 들여다보며, 딱 삼일 정도만 세상과 단절된 어느 조용한 마을의 작은 집에서 온종일 책을 보며 뒹굴다가 탄 냄새가 약간 나는 냄비 밥을 지어 먹는 상상을 자주 할 때. 그러니까, 해야 할 일들은 턱 밑까지 쫓아왔는데 어느 하나도 제대로 끝낼 수 있을 것 같지 않을 때. 나는 이럴 때마다 무엇으로 무기력을 치환했나.

나는 '2019년 여름' 하면 자연스레 제주도를 떠올린다. 우여곡절 끝에 첫 정규직 직장에서 퇴사한 후, 나는 마치 쫓기듯 서울을 떠나 제주도에서 한 달 살기를 시작했다. 함께 가자는 내 제안에 숫뚜는 흔쾌히 짐을 쌌다. 엄지손가락만 한 바퀴벌레가 맥주를 사러 나선 길 한복판에서도, 치킨을 뜯던 호텔 방에서도 불쑥불쑥 나타나 내 인생 최고 네시벨의 소음을 목에서 뽑아냈지만, 그것도 추억이라 여길 만큼 제주도에서의 한 달은 정말이지 꿈 같았다. 낯선 듯 낯설지 않은 땅에서 나는 프리랜서의 세계로 이제 막 발을 딛기 위해 영상을 공부했고, 밤마다 끝내주는 김치찌개와 쪽갈비를 매일 같이 먹고, 일주일에 몇 번은 차를 빌려 제주의 동서남북을 골고루 돌아다녔다. 여행인 듯 여행 아닌 여행 같은 한 달은 달콤했다.

물론 하루하루가 행복하기만 했던 건 아니다. 나는 평소 돈에 대해 힘든 점을 이야기하거나 계산대 앞에서 서로 눈치를 본다거나 1원 단위로 더치페이하는 걸 좋아하지 않는데, 돈이 얽히면 이상하게 찌질하게 느껴지는 나 자신의 모습이 싫기 때문이다. 평소 감정 기복이 심하지 않은 편이지만, 넉넉한 통장 잔고가 없으면 넉넉한 마음도 수시로 자취를 감춘다.

성인이 된 이후 처음으로 완전한 백수 신분이 된 주제에 물가 비싼 제주도에서 돈을 펑펑 쓰고 있던 나는 어느 순간 불안해지기 시작했다. 일이 들어오지 않으면 어떡하지? 서울로 돌아가면 재취업을 해야 할까? 패션은 이제 싫은데, 어떤 경력으로 재취업을 해? 밀물처럼 순식간에 엄습한 불안감은 냄비를 옮기다 양손에 화상을 입고도 라면을 다 먹고 병원에 가는 천하태평한 인간을 작은 일에도 예민해지게 만들었다.

어떤 날은 답답한 마음에 우선 눈앞에 닥친 일을 해결하려고 노트북을 열었는데, 한참을 작업하던 영상이 날아가 버렸다. 뭘 잘못 누른 건지 영상 소스 자체도 보이지 않았다. 부글부글 끓던 마음이 펑 하고 폭발했다. 나는 곧바로 운동화에 발을 구겨 넣고 쫓기듯 호텔 밖을 나섰다. 바다가 보고 싶었던 것 같은데, 심각한 길치인 나는 바다와 반대 방향으로 걷기 시작했다. 사실 목적지야 아무래도 상관없었던 것도 같다.

발길 닿는 대로 한참을 걷다 보니 언젠가 차를 타며 지나쳤던 도서관이 보였다. 문을 밀고 들어서자 더운 공기가 훅하고 밀려왔다. 땀이 삐질삐질 나는 도서관은 처음이었다. 다시 돌아갈까, 하다가 뭔가를 또 놓치고 싶지는 않아서 계단에 올랐다. 그렇게 나는 오래된 책의 꿉꿉한 냄새가 가득한 도서관 안을 한참 동안 서성였다. 찾는 것 없이 문학부터 역사, 과학, 신간 섹션을 차례로 훑었다. 나는 한참을 고민해서 한강과 이제 니, 리베카 솔닛의 책을 골라 대출 카드를 만들었다. 책을 잔뜩 들고 도서관을 나설 즈음엔 주변의 풍경이 눈에 들어올 정도로 마음이 진정되어 있었다.

제주도에는 지었다기보단 그곳에 자연스럽게 뿌리를 내려 자란 것처럼 주변환경과 보호색을 띠는 공간이 많다. 서울에선 보기 힘든 파란색 주황색 노란색 지붕, 무심하게 쌓은 짙은 색 의 돌담, 어디서든 만날 수 있는 넓은 바다까지. 모든 게 걷기 좋았다. 적당한 속도로 걸으면 가끔 들리는 새 소리, 발밑에서 부스러지는 나무 소리, 바람에 흐드러진 숲 파도 소리에 집중 할 수 있다. 사람이 없는 곳에선 가끔 눈을 감고 걸었다. 박연 준 시인의 말을 빌리자면, 어느새 서쪽으로 기울어가는 것들이 마지막을 기대고 있었다. 말할 수 없는 것들로부터 충분한 위 로를 받았다. 이제 호텔로 돌아가고 싶어졌다.

목적지가 없는 걷기를 좋아한다. 목적지가 생기면 몸이든 마음이든 소지품이 생긴다. 지갑, 손수건, 텀블러, 립밤이 손을 무겁게 하고, 약속 시간, 메뉴, 대화의 주제, 사람이 머리를 무 겁게 한다. 목적지는 생각의 꼬리를 붙잡는다. 나는 목적지 없 는 걷기와 동반하는 자연스러운 생각의 흐름이 좋다. 어릴 적 단짝의 미소 끝에 걸린 보조개를 떠올리고, 찬 공기를 크게 들 이마시며 보름달 아래를 걷던 경주를 떠올리고, 교정의 책상에 서 엎드려 잤던 낮잠의 달콤함을 떠올리고, 어제 읽은 이현호

시인의 시구절을 떠올린다. 생각이 머릿속을 원활하게 순환하고 때에 맞춰 소리 소문 없이 빠져나간다. 나는 걷기를 통해 머리가 말랑말랑해진다고 느낀다.

철학자 루소의 걷기에 대한 이야기를 기억한다. 리베카 솔닛의 〈걷기의 인문학〉에 담긴 내용이다.

그 정도로 사색하고 그 정도로 존재하고 그 정도로 경험하고 그 정도로 나다워지는 때는 혼자서 걸어서 여행할 때밖에 없었던 것 같다. 두 발로 걷는 일은 내 머리에 활기와 활력을 불어넣어 준다. 한곳에 머물러 있으면 머리가 제대로 돌아가지 않는다고 할까. 몸이 움직여야 마음도 움직인다고 할까.

이 책의 원제는 Wanderlust(방랑벽)인데, 방랑벽의 사전적 의미는 '정한 곳 없이 이리저리 떠돌아다니기를 좋아하는 버릇'이다. '정한 곳 없이'라는 대목 때문에 역마살이라는 단어보다 내 상태에 적합하다고 본다. 나는 걷다가 들어온 집의 현관문 앞에서 등을 돌려 또다시 걷기도 한다. 혼자 하는 여행에서는 아침부터 밤까지 걷는다. 스스로 만족스러울 때까지 걷는다. 항상 준비는 간단하게, 양손은 가볍게 집을 나선다.

숫뚜는 무기력하다고 느낄 때면 샤워를 한다. 쏟아지는 물줄기를 맞으면 터질 것 같던 머리가 진정된다고 했다. 백화점에서 일하는 친구 P는 매일같이 퇴근 후엔 수영장으로 향한다. 물속에 잠겨 있으면 비로소 세상에 혼자 남겨진 기분이 들기 때문이다. 평론가 신형철은 삶이 느린 자살같이 느껴질 때 릴

케의 시를 복용한다고 말했다. 이렇게 사람들은 저마다의 처세술을 가지고 있다.

나는 걸을 때 가장 살아있다고 느낀다. 그래서 나는 내가 죽어간다고 느낄 때 걷는다. 걷다 보면 머릿속에서 마구 엉켜 있던 생각은 어떤 방향으로든 정리되고, 그제서야 나는 고장난 몸을 움직일 수 있게 된다. 나는 걷기를 통해 사색하고, 존재하고, 경험하고, 나다워진다.

오늘은 첫눈이 내렸다. 밤이 되면 소복이 쌓인 눈을 밟으며 걸을 수 있겠다. 눈이 내린 밤엔 세상이 어제보다 고요해지고, 눈과 걸음이 만나는 소리는 더 선명해질 것이다. 나는 오늘도 흐르듯 걷다 홀연히 떠올릴 무언가를 기대해본다.

소공녀

: 숫뚜

　나는 어렸을 때부터 '어른스럽다'라는 말을 많이 들었다. 학창 시절 담임 선생님들로부터, 아르바이트하던 가게 사장님으로부터, 인턴 시절 팀의 부장님으로부터…. 초중고를 통틀어 나의 생활 기록부엔 매년 그 말이 빠지지 않으니 성인에게도 생활 기록부가 있다면 아마 지금도 그 말은 현재 진행형으로 쓰여지고 있을 거다. 하지만 나보고 나 자신을 몇 문장으로 기록하라고 한다면 나는 '어른스럽다' 대신 '어리다'를 쓸 것 같다. 나는 내가 너무 어리다고 생각한다. 나이가 많고 적음을 떠나 성숙하지 못한 의미의 어림. 나는 아직까지 내 감정에 너무 솔직하고, 너무 얕다. 무언가에 비유하자면 성난 파도 같달까? 그러니까 내가 생각하는 진짜 '어른'은 고요한 호수의 표면 같은 사람이다. 운전할 때 어떤 차가 갑작스레 내 앞으로 끼어들더라도 욕설이나 경적 없이 넘어갈 수 있고, 가끔 필요하다면 상스러운 단어 없이도 분노를 표현 수 있는 사람. 같은 걸 보고 같은 걸 듣더라도 더 깊이 담을 수 있는 사람.

아직은 바깥바람이 차던 5월의 어느 날. 나와 히조 언니는 늘 그랬던 것처럼 침대 앞에 술상을 벌여놓고 안주 삼아 볼 영화를 고르고 있었다. 이건 봤고, 저건 모르겠고…. 수많은 영화와 드라마를 위로 위로 흘려보내다 우리가 멈춰선 곳은 '소공녀'였다. 그 영화는 히조 언니가 이미 아주 예전부터 나에게 보라고 추천했던 것이었는데, 언니도 워낙 오래전에 봐서 잘 기억이 나지 않는다고 하기에 가벼운 마음으로 재생 버튼을 눌렀다.

영화 소공녀는 찢어지는 가난 속에서도 담배와 위스키만은 포기할 수 없는 주인공 '미소'의 이야기다. 돈이 없어 예전에 같이 밴드 활동을 하던 친구들에게 아쉬운 소리를 하며 며칠씩 그들의 집을 전전하는데 그 와중에도 담배를 피우고 위스키를 마신다. 담배도, 위스키도, 집세도 점점 오르는데 미소의 인생은 나아질 기미가 없다. 여자 동창들은 입을 모아 미소에게 말한다. 정신 차리라고. 너 아직도 담배와 위스키 포기 못했냐고. 남자 동창들은 집만 있을 뿐 시답잖은 삶을 살고 있다.

영화의 엔딩 크레딧이 올라가고 검은 화면이 꺼질 때까지 우리는 이야기를 했다. 집마저 포기해도 담배와 위스키를 포기하지 못하는 여자라니, 기가 막히게 떠들기 좋은 소재 아닌가. 어느 부분은 좋았지만 어느 부분에선 현실성이 현저하게 떨어졌으며, 내가 실제로 저런 상황이었다면 일주일에 한 두 번 가사도우미를 할 게 아니라 공장 알바나 막노동이라도 했겠다, 남자친구는 왜 저렇게 한술 더 떠서 무능력하냐, 대사가 너무 저질이다- 같은 말들.

몇 주가 지나고, 나는 전에 읽으려고 사놓고 한동안 책장에 꽂아놓기만 했던 책을 펼쳤다. 몇 장 지나지 않아 반가운 단어가 눈에 띄었다. 소공녀. 내가 읽고 싶었던 책의 작가는 이 영화에 대해 어떤 생각을 하고 있을까, 너무 궁금했다. 그리고 몇 분 후 나는 한동안 멍했다. 그 작가는 소공녀를 이렇게 봤다.

흥미롭게도 세 명의 여자 동창은 모두 직장, 가족, 육아를 지키기 위해 고군분투하느라 음악이나 담배와 같은 '취향'의 세계와 결별한 생활인으로 살고 있고, 두 명의 남자 동창은 여전히 기타를 치고 담배를 피우는 '취향'을 고수하지만 부서진 세계를 방치하고 있는 것처럼 보인다. 여자들은 하나같이 아직도 담배 피우냐고 묻지만, 남자들은 미소가 왜 그렇게까지 취향을 고수하는지를 아예 묻지 않는다. 이 대비는 취향을 가지는 것, 그리고 그것을 향유하는 행위가 여성에게는 그 자체로 비현실이라는 점을 드러낸다.

권김현영 〈다시는 그 전으로 돌아가지 않을 것이다〉 中

멍함 끝에 나는 생각했다. 그래! 이게 바로 내가 생각하던 어른이야! 같은 영화를 보더라도 저 아래 꽁꽁 숨겨진 메시지까지 읽을 수 있는 사람. 그리고 그걸 이렇게나 멋지게 문장으로 표현할 수 있는 사람. 갑자기 똑같은 영화를 보고 미소는 왜 그런 남자친구를 사귀는 거냐고 시시덕거렸던 밤의 내가 생각나며 부끄러워졌다. 언젠가는 나도 이렇게 멋진 어른이 될 수 있을까?

신피질의 재앙

: 숫뚜

    몇 년 전에 고양이를 몹시 좋아하는 친구로부터 흥미로운 글을 전달받은 적이 있다. 〈고양이는 어떻게 평생을 집 안에서만 살 수 있을까?〉 나도 한 번쯤 궁금했던 주제이기에 곧바로 링크를 클릭했다. 그 글에 따르면 인간은 두뇌 바깥을 이루는 신피질이 생기며 이성적인 사고를 하게 되었는데, 대표적인 게 과거와 현재 그리고 미래라는 시간 개념이 생긴 것이라고. 물론 누구나 공감하듯이 이 '시간 개념'이라는 것은 우리를 평생에 걸쳐 괴롭히는 존재이기도 하다. 과거를 그리워하고 미래를 염려하면서. 필자는 고양이에게 신피질이 없기 때문에 과거와 미래에 붙잡히지 않고 현재를 충실히 살 수 있는데, 인간이 고양이처럼 현재에만 집중할 수 있는 순간은 '술을 마실 때'라고 했다. 알코올이 신피질을 마비시켜 그 상황, 그러니까 현재에만 집중할 수 있게 되고 결국 우리가 술을 마시며 행복해지는 이유는 그 때문이라고. 행복하게 인생을 즐기며 살기 위해선 과거도 미래도 아닌 현재를 살아야 한다는 내용으로 끝이 나는 그 글은 한동안 즐겨찾기에 저장해놓고 종종 찾아 읽을 정도로 재미있었다.

내가 다른 타인의 머릿속에 들어갔다 나온 적은 없으니 사람들이 얼마큼의 과거 회상을 하는지는 모르겠지만, 그걸 수치화시켜 일렬로 나열할 수 있다면 아마 나는 과거 생각을 자주 하는 편에 우뚝 서 있을 것 같다. 현재만 생각하며 살기. 말로는 참 쉬워 보이는데 어렵다. 생각을 할 찰나의 시간만 주어져도 자꾸 옛날 생각이 나는걸. 나는 주로 20대 초반으로 돌아가곤 하는데, 그건 지금의 나와 그때의 내가 정반대의 사람이기 때문일까?

20대 초반의 나는 '될 대로 되라지'의 표본이었다. 차마 이 종이에 잉크로 박제하기도 민망할 만큼. 빙산의 일각만 적어보자면... 내 주변에는 좋은 친구들이 많았고, 다들 나와 너무 잘 맞았던 게 탈이라면 탈이었다. 우리는 저녁부터 아침 여덟 시까지 술을 마셨고, 잠깐 집에 들어가 잠을 자다가 아르바이트를 했고, 일이 끝난 저녁엔 다시 모여 술을 마셨다. 술집 사장님들과는 진작에 절친이 됐고 각종 바에는 내 이름으로 보관해둔 보드카가 몇 병씩 있었다. 술집에서, 노래방에서, 길거리에서 처음 보는 사람들과 쉽게 친해졌고 오직 오늘만 생각하며 있는 힘껏 놀았다. 내일은 내일의 해가 뜨니까. 아마 내가 건강상의 문제로 일찍 죽게 된다면 그 건강상의 문제는 아마 나의 20대 초반에서 비롯되었을 거다.

내가 총 2년의 휴학을 마치고 다시 학교에 집중하게 되면서 나는 점점 그 시절과 멀어졌다. 친구들은 여전히 클럽을 가고, 여전히 아르바이트를 하고, 여전히 같은 가게에서 술을 마시고, 여전히 밤과 낮이 바뀐 삶을 살았다. 우리들이 사는 세계는 내가 알아차리지 못할 만큼 빠른 속도로 달라졌고, 공통점이 사라지니 오랜만에 만나더라도 더 이상 할 말이 없었다. 죽고 못 살 것처럼 가까웠던 친구는 아예 연락이 끊겼고, 내 마음의 반을 가지고 있다고 여겼던 친구와는 생일에만 연락을 하는 사이가 되었다. 대학을 졸업하고, 고정적인 수입원을 만들고, 전셋집을 얻고, 차를 사고…. 내 삶이 안정되고 있다고 느끼면서 모순적으로 나는 불안정했던 과거를 떠올렸다. 그때는 하루가 생생히 내 손끝에서 살아있었는데. 이렇게 지루한 현실에 끼워 맞춰 나가는, 촌스러운 카디건에 주렁주렁 달린 커다란 단추 같은 느낌은 아니었는데. 인간은 망각의 동물이라는데 어째서 과거에 힘들었던 기억은 싹 지워지고 즐거웠던 기억들만 남았을까.

  중고등학교를 같이 나오고도 친하지 않았던 친구와 버스 정류장에서 속 얘기를 하며 고작 40분 만에 그 누구와도 나눈 적 없던 긴밀한 유대감을 느꼈던 것, 아침까지 술을 마시고 pc 방에서 자다가 아르바이트에 지각했던 것, 자주 가는 노래방 아르바이트생과 친해져 같이 노래를 불렀던 것, 내 생일을 축하해 주겠다며 자정에 집 근처로 기타를 메고 찾아온 친구의 노래를 들으며 설렜던 것, 여름밤 야외 벤치에 앉아 끝없는 생각에 잠기며 캔맥주를 땄던 것, 피곤한 것도 모르고 24시간 카페에서 몇 번이나 밤을 지새웠던 것, 만나자는 세 글자면 삼십분 내로 누구든 만날 수 있었던 것, 목적도 없이 영화관 앞 테라스에 앉아 한여름 담배와 아이스 아메리카노의 조합은 최고라며 웃었던 것, 시급이 높은 것만 보고 덜컥 면접을 갔다가 이상한 업체에 휘말려 잔뜩 얼었던 것, 그리고 우는 친구를 달래며 사기꾼들의 욕을 진탕했던 것…. 나는 자꾸 그 시절로 돌아가는 상상을 한다. 미래에는 현재가 과거가 될 텐데. 내가 너무 지난하다고 생각하는 지금이 나중에는 즐거운 기억으로만 남을 텐데. 그걸 알면서도 나는 예전 생각을 멈추는 게 잘 안된다.

  자전거에 앉아 우는 것보단 벤츠에 앉아 우는 것이 더 편하다지만, 나는 왜 아직까지 새 가죽 냄새가 물씬 나는 나의 애마에 앉아 운전을 하면서도 버스와 지하철을 몇 번이나 갈아타고 서울에 나갔던 지난날을 그리워하는 걸까.

자기만의 방

: 히조

우리 가족은 내가 고등학생 때, 평생을 살았던 구미를 떠나 분당으로 이사 왔다. 그곳은 다섯 식구가 살기엔 터무니없이 작은 거실과 두 개의 방이 있고, 현관문이나 베란다를 통해 들어온 쥐가 이따금 출몰하며, 밤이고 낮이고 창문을 열면 지나가는 사람과 눈이 마주치는 1층 집이었다. 평생 바퀴벌레가 득실거리는 집만 전전하다 처음으로 깨끗하고 넓은 아파트로 이사한 지 딱 6개월 만의 일이었다.

엄마와 나는 자주 그 시절을 회상한다. 그중 가장 자주 언급되는 사건은 우리가 낯선 곳으로 떠나온 지 몇 주 되지 않았던 때로 기억한다. 쇼핑을 하는 모습을 좀처럼 볼 수 없던 엄마가 새로운 가방이 필요하다며 집 근처의 지하상가로 나를 데려갔다. 가방끈은 튼튼한지, 때가 잘 타지 않는 재질인지, 겉부터 속까지 구석구석 살펴보던 엄마가 고심 끝에 고른 것은 단돈 만 원짜리 가방이었다. 조금 떨어진 곳에서 우리를 탐탁지 않은 눈빛으로 지켜보던 가게 주인은 퉁명스럽게 만 원을 받아 주머니에 넣었다. 나는 왠지 모르게 찝찝한 마음을 안고 발길을 돌렸는데, 가게를 나선 지 10분도 안 돼서 엄마의 어깨에 걸려있던 가방이 둔탁한 소리를 내며 바닥으로 떨어졌다. 그 옆엔 가방과 끈을 연결하던 쇠고리가 끊어져 나뒹굴고 있었다. 엄마는 가방을 주어 들고 다시 지하상가로 내려갔다. 물건을 교환해달라는 엄마의 말에 가게 주인은 주머니에 구겨 넣었던 만 원을 던지다시피 놓으며 안 팔 테니 나가라고 언성을 높였다. 그의 말인즉슨, 만 원짜리를 사며 뭘 그렇게 바라냐는 것이었다. 빈손으로 지하상가를 나서 집에 도착할 때까지 누구 하나 입을 열지 않았다. 가난과 사랑은 숨길 수 없는 거라 했던가. 지금은 웃으며 이야기할 수 있지만, 가난으로 빚어진 사건들은 두고두고 우리에게 상처가 되었다.

내가 고등학교 3학년에 올라갔을 때, 그 집에서 나는 유일하게 '내 방'을 가진 사람이 되었다. 거실에서 아빠와 오빠가, 안방에선 엄마와 남동생이 함께 잠을 잤다. 가장 예민한 시기를 보내는 사람에 대한 특권이었지만 질풍노도의 끝을 달리던 내겐 그마저도 부족했다. 창문을 열면 방 안의 나를 지나가는 모두가 볼 수 있고, 밤낮 가리지 않고 기타 치며 노래를 부르는 아빠가 벽 너머에 있고, 모의고사 전날에도 가족들이 싸우는 소리를 새벽까지 들어야 했던 그곳은 '내 방'이라 불렸지만 '나만의 방'이 아니었다. 나는 최소한의 내 공간을 지키기 위해 한여름 찜통더위에도 사방의 문을 닫고 대접에 쌓인 얼음을 하나씩 씹어 먹으며 공부했다. 그 누구의 잘못도 아니었다. 그저 그때의 우리 가족 모두에겐 '자기만의 방'이 필요했을 뿐이다.

나는 그 시절 일기장 가득 '벗어나자'라는 문구를 적으면서도 결핍의 형체를 구체적으로 알지 못한 채 앞만 보고 달렸다. 시간이 지나고서야 내게 필요했던 것이 '돈'과 '자기만의 방'이라는 걸 인지했다. 뒤늦게 알게 된 다른 한 가지는, 한여름에도 문을 굳게 닫고서 책상 앞에 앉아 있는 딸에게 '자기만의 방'을 선물하고 싶다는 일념 하나로 악착같이 일했던 엄마였다. 우리 가족은 순전히 이런 엄마 덕분에 6년 뒤, 온전한 각자의 방을 가질 수 있었다.

가족과 함께 26년, 남동생과 둘이서 2년, 그렇게 28년 만에 나는 비록 반전세지만 '내 방'에서 '내 집'으로 이사를 왔다. 내 공간을 채우는 건 단순히 꾸미는 것을 넘어서 나의 생활을 녹여내는 일이다. 나는 내 동선에 맞게 방을 나누고, 밤을 지새우며 고른 취향의 가구를 들이고, 눈엣가시였던 전자레인지를 없애고, 태어나서 처음으로 채소 모종을 심어 작은 화단을 만들었다. 안그래도 집순이인 내게 온전한 나만의 공간은 점차 작은 세계가 되었다. 나는 아침마다 노란 꽃잎이 떨어지고 점차 붉게 물드는 방울토마토를 지켜보며 시간을 세었고, 정해진 때 없이 내 입맛에 딱 맞는 요리로 배를 채우기 위해 주방을 달그락 소리로 채웠다. 그리고 지금처럼 누구의 방해도 없이 글을 쓰고 맥주를 마시다 음악을 들으며 책을 뒤적일 수 있는 새벽의 시간을 자주 보냈다. 산 가까이에 이사 온 터라 가끔 벌레가 나타나면 손을 덜덜 떨며 전기 모기채를 휘둘렀고, 날짜가 다가오면 월세와 각종 공과금을 통장에서 덜어내며 정기적인 수입에 대해 고민했다. 나는 이곳에서 나 자신으로 오롯이 살아가고 있다.

'자기만의 방'에 대해 이야기하며 버지니아 울프를 빼놓을 수 없다. 버지니아 울프는 여성이 글을 쓰기 위해서는 정기적인 수입과 자물쇠가 달린 자기만의 방이 필요하다고 말한다. 이는 단순히 '돈'과 '방'의 의미를 넘어서 '자유'와 '안정'을 뜻한다. 여성들이 독자적인 수입원을 만들어야 하는 동시에, 독립적인 공간을 확보해야 하는 이유다.

지속적인 수입과 자유의 관계성은 '기혼 여성이 사유 재산을 갖는 일이 법적으로 금지되어 있던 시절의 여성에게 얼마만큼의 주체성을 바랄 수 있을까'를 생각하면 답이 쉽다. 경제력은 내가 원하는 것을 갖게 하고, 알고 싶은 것을 배울 수 있게 하며, 야망을 세우고 권위에 맞설 수 있는 힘이다. 그뿐인가, 돈은 우리에게 여행하고 빈둥거리며 책을 읽고 사색할 수 있는 자유를 안겨준다. 원할 때 길거리를 배회할 수 없는 삶이 나를 돌아볼 시간을 주진 못할 거다.

결국엔 지치고 힘에 겨워 어딘가로 숨고 싶었을 때, 거창할 것 없이 그저 마음을 뉘일 공간이 간절했을 때, 그곳이 집이 될 수 없어 주변을 맴돌던 날이 있었다. 이제 나는 그런 날이면 내 방에서 은둔한다. 커튼을 모두 치고 이불 속에서 몸을 뒤척이며 영화를 보거나, 아끼는 바이닐을 돌리고 또 돌리며 가만히 눈을 감는다. 그러다 참을 수 없는 기분이 들면 노트북을 열어 글을 쓰기도 했다. 그런 날은 반나절이 넘도록 앉아 있어도 지치지 않았다. 나는 내 방에서 나를 돌본다. 자기만의 방은 내 모든 생각과 행동의 목적이 나의 안위를 향하게 한다.

물론 독박 육아, 독박 가사와 더불어 유리 천장과 임금 격차를 물고 태어난 여성들이 자신의 밥그릇을 챙기며 혼자만의 공간까지 확보하는 일은 쉽지 않다. 불가능에 가깝다고 느껴질 수도 있지만, 자식들에게 지갑 속의 천 원 한 장까지 내어주고 하루종일 걸어 다니고도 집에 와서 자신만의 시간을 갖지 못했던 우리 엄마는 이제 자기 취향의 차를 사기 위해 큰돈을 쓰기도 하고, 주말마다 텃밭의 식물을 가꾸는 취미를 만들고, 가끔은 아빠와 다퉈도 잠시 거리를 둘 수 있는 자기만의 방이 생겼다. 그 과정은 내가 감히 상상도 못 할 만큼 고단했겠지만, 엄마는 내가 자립적인 여성이 되어야 하는 이유를 삶으로 증명한 사람이다.

비록 녹록지 않더라도, 나는 여성들이 치열하게 자기 것을 챙기길 바란다. 기대갈 무언가를 찾지 않고 스스로 일어서기를, "넘어오면 다 내꺼!"라는 식으로 치사하게 굴지라도 내가 나로 머물 수 있는 공간을 철저히 지키기를 바란다. 그렇게 얻은 것은 결코 작지 않을 것이다.

숫뚜와 나는 미래에 대해 자주 이야기한다. 함께 하는 일을 어떻게 키워갈지, 돈을 버는 것 이외에 하고 싶은 일은 무엇인지, 어디에 어떤 집을 짓고 살고 싶은지…. 다양한 주제로 고민을 하지만 끝은 항상 이런 식이다. 사업이 커지면 여성들을 고용하자, 우리와 같은 마음일 여성들을 모아보자, 여성들이 마음 편히 생활할 수 있는 공간을 만들자. 아직까진 목표에 불과하지만, 정기적인 수입과 자기만의 방의 중요성을 뼛속 깊이 아는 두 사람은 언제나 파이를 나눌 준비가 되어있다.

149

술 네 잔의
염원

그렇지만 나는 앞으로도 계속 목소리를 낼 것이고,
한국에 사는 한 포기하지 않을 것이다.
깨어있는 불편함이 무지한 편안함보다 나은 거라 믿으며.

뭐든지 처음이 어렵지

: 숫뚜

이렇게 히조 언니와 자유롭게 글을 쓰고 있는 와중에도, 나는 다른 책의 출간을 앞두고 있다. 오늘은 강남에서 출판사 마케팅팀과 만났다. 곧 세상에 나올 책을 어떻게 잘 팔아볼까, 하는 이야기를 하는 자리. 매번 전화 통화만 하다가 실제로 얼굴을 맞대고 앉은 건 처음이었기에 분위기를 풀기 위해 마케팅과 관련 없는 이야기도 이것저것 했다. 그러다가 나온 주제는 나의 첫 강연이었다.

작년 5월에 있었던 나의 첫 강연은 아직도 모든 순간이 눈

앞에 그려질 정도로 또렷하다. 강연이 만족스러워서 그런 거라면 좋겠지만, 안타깝게도 반대다. 나는 그 강연만 생각하면 여전히 얼굴이 화끈거린다. 유튜브를 시작한 지 일 년밖에 되지 않았던 나에게, 제주도 관광 공사에서 유튜버 꿈나무를 대상으로 강연을 해보지 않겠느냐고 제안이 왔다. 강연을 한다는 사실만으로도 왠지 내가 멋진 사람이 된 것 같은 기분이 들었는데, 제주도 관광 공사 주최라니. 나는 겁 없이 덜컥 수락했다. 원체 저질러놓고 수습하는 사람이라. 그러곤 실제 강연 날이 다가올 때까지 벌벌 떨었다. 소규모 과외를 한 경험은 많지만, 강연은 짧은 시간에 많은 사람에게 이야기하는 자리라 다시 바닥에서부터 모든 걸 준비해야 했다. 내가 설명할 수 있는 모든 내용을 ppt에 넣었고, 몇 번을 읽고 수정하길 반복했다.

강연 당일. 강연장에 도착해 사람들이 자리를 채우기를 기다리면서는 거의 심장이 터질 것 같았다. 심장이 가쁘게 펌프질하는 소리가 머리에 울렸다. 심장 뛰는 소리는 말 그대로 정말 '두근두근'이구나, 라는 쓸데없는 생각을 하며 맨 앞자리에 앉아있었다. 행사를 담당하는 직원분은 긴장하는 나를 보며 잘할 거라고, 앞선 강연자들도 다들 이렇게 떨면서 성공적으로 마무리했다고 다독여주셨다.

하지만 나는 유일무이한 예외가 되고 말았다. 두 시간 분량으로 준비한 ppt가 40분 만에 끝을 보였다. 긴장한 탓에 말이 너무 빨랐고, 벽에 대고 얘기하듯 내 할 말을 쏟아내기 급급했던 것. 앞이 하얘지는 게 이런 기분이구나. 하지만 내가 당황한 걸 티 낼 수는 없었다.

"저는 제가 일방적으로 주입하는 강연보단 Q&A 시간이 훨씬 중요하다고 생각해요. 그래서 강연보다 Q&A 시간을 길게 잡았습니다. 궁금한 게 있다면, 지금부터 편하게 질문해 주세요."

나는 나름 잘 넘어갔다고 생각했는데, 어쩌면 말을 더듬었거나 횡설수설했을지도 모른다. 적어도 얼굴은 빨개졌을 거다. 정말 감사하게도 참석해주신 분들이 끊임없이 질문을 던져주시는 덕분에, 나는 얼추 시간을 다 채우고 강연을 끝낼 수 있었다. 새삼 더 큰 규모로, 더 어려운 주제를 가지고 강연을 하는 사람들이 너무나 대단하게 느껴졌다. 도대체 얼마큼의 준비를 하고 얼마큼의 연습을 하면 그렇게 막힘없고 당당하게 자신의 지식을 생판 모르는 남에게 나눠줄 수 있게 되는 걸까. 관광공사에서 제공해준 호텔에 돌아오자마자 나는 노트북을 켜고 ppt 파일을 켜 빈 페이지를 추가했다. 계속 계속. 내가 이번에 준비한 분량과 맞먹는 빈 페이지들을 추가한 후에야 멈췄다. 두 시간 강연이면 이 정도는 해야 되는구나. 그리고 머리를 쥐어뜯으며 친구들에게 전화했다.

"나 완전히 망한 것 같아! 창피해서 어떡해?"

우당탕 첫 강연을 마치자 자연스레 그쪽으로 물꼬가 터졌다. 강연 경력이 0인 사람과 1인 사람은 큰 차이가 있으니까.

그 뒤로 나는 다양한 곳에서 강연했다. 한국교육학술정보원, 캐논, 니콘, 백화점 문화센터… . 몇 번 해봤다고 익숙해져서 순식간에 강연 자료를 준비하고, 강연 전날 술을 마시기도 하는 대범함이 생겼다. 말을 하면서 실시간으로 사람들의 반응도 살피고, 농담을 던지기도 한다. 그리고 그렇게 차곡차곡 쌓은 강연 경력 덕분에 책을 출간하고 의례처럼 진행하는 북토크와 사인회, 유튜브 구독자 40만 기념 팬 미팅 등 난생처음 마주하는 각종 행사에서도 크게 떨지 않을 수 있었다. 너무 까마득해 지금 기억해내려고 하면 머리만 아파지는 첫 포토샵 과외에서도 나는 서툴렀을 거고, 처음 피팅 알바를 하는 날엔 뻣뻣하게 서 있기만 했을 거고, 첫 책의 첫 문장을 쓰기까지도 몇 시간을 고민했을 거다. 누구에게나 처음은 어렵지만, 그 어려운 처음 덕분에 다음 마주할 언덕을 비교적 수월하게 넘을 수 있게 되는 게 아닐까.

정해진 길을
따라가지 않는다는 것

: 숫뚜

강연이나 북토크처럼 수십의 사람과 얼굴을 맞대고 이야기를 할 기회가 생기면 그들은 나에게 꼭 프리랜서의 불안정함에 관해 묻는다. 그럴 때마다 생각보다 많은 사람이 프리랜서를 꿈꾸고 있구나, 하고 새삼 피부로 느낀다. 도전하고 싶지만, 막상 뛰어들기엔 무서운. 월급 대신 물가만 오르는 이 나라에서 매일 만원 지하철에 몸을 싣고 출퇴근을 반복한다는 건 정말 힘든 일이겠지.

지금이야 내가 프리랜서로 어느 정도 자리가 잡혔기 때문에 이렇게 편하게 글을 쓰고 있을 수 있지만, 불과 몇 개월 전까지만 하더라도 내 삶은 여전히 불안정했다. 프리랜서가 다 그렇다. 게다가 프리랜서의 대부분은 글쓰기와 디자인을 포함한 예술을 하는 사람들인데 우리나라는 예체능 계열에 엄청나게 박하다. 제대로 된 페이를 받기도 힘든데, 포트폴리오를 쌓을 기회이니 윈-윈 아니냐며 공짜로 재능을 달라고 요구하는 경우도 허다하다. 그러니 한국에서 프리랜서로 사는 건 정말 고된 일이다.

나는 대학 졸업반이 되었을 때 불안감이 특히나 심했던 것 같다. 동기들 대부분은 대기업에 취업하는 게 목표였다. 다들 학점에 목을 매고, 포트폴리오에 넣기 위해 각종 공모전에 나가고, 자소서를 몇 번이나 수정했다. 영어도 잘해야 했고(한국의 패션 디자이너가?), 피팅 모델에게 주는 돈이 아까워 디자인실 막내를 무급 모델로 쓰는 악독한 기업들 때문에 신체 사이즈도 55여야만 했다. 동기 대부분은 원하는 곳에 취업을 했다. 아직까진 학벌이 통하는 대한민국이니까. 그런데 난? 나는 그렇게 고생하며 이 학교에 들어와 매 학기 400만 원이 훌쩍 넘는 등록금을 바쳐가며 뭘 얻게 되는 걸까? 이력서 학력 사항에 한 줄?

내 브랜드를 낼 욕심도, 의류 회사에 취업하고 싶은 마음도 없었던 나는 앞으로 뭘 하고 살아야 하지, 라는 생각이 머릿속에 가득했다. 게다가 이미 2년이나 휴학을 한 몸. 여자의 경우 쉬지 않고 학교를 다니면 스물넷이 되는 해에 졸업을 할 수 있었지만 나는 이미 스물여섯. 나와 가장 많은 시간을 보내는 히조 언니도 공고가 올라온 여러 브랜드를 검토해보고 이력서를 쓰고 있었다. 자연스레 나까지 조급해졌다. 지금이라도 면접을 알아봐야 하나. 매일, 매 순간 생각이 휙휙 바뀌었다. 왠지 그런 고민을 하던 찰나엔 상황을 180° 바꾸는 극적인 변화가 생기거나, 머리를 띵 하고 맞은 것만큼 큰 깨달음이 이어져야 할 것 같지만 아니다. 아무 일도 없었다. 나는 어영부영 졸업을 했고, 그냥... 그렇게 프리랜서가 돼버렸다.

프리랜서가 슬픈 직업인 이유는 내가 좋아하는 걸 '일'로 대해야 하기 때문이다. 제아무리 좋아하는 것들도 일이 되어버리면 질려버린다. 내가 누구를 가르치는 걸 좋아하지만 매일 서너 개씩 이어지는 과외에 기계처럼 같은 말을 반복했듯이, 취미로 시작한 영상이 매주 같은 시간에 올려야 하는 업무가 되자 너무나 큰 스트레스로 다가왔듯이 말이다. 그러니 정해진 길을 따라가지 않기 위해서는 나름의 규칙이 필요하다. 다음은 나만의 규칙이다.

첫째, 다양한 작업을 한다. 한 가지 분야만 몰두하면 그 일에 질려버렸을 때 대책이 없다. 그래서 나는 책도 쓰고, 영상도 찍고, 온라인 강의도 하고, 다양한 상품을 제작해 판매하기도 한다. 이 경우 뭐 하나가 싫증 났을 때 다른 걸 열심히 하면 된다는 장점이 있다.

둘째, 최소한의 취미 영역은 남겨둔다. 나는 취미로 캔버스에 아크릴화를 그린다. 그림을 그리는 동안은 아무 생각 없이 붓놀림에만 집중할 수 있어서 머리를 식힐 수 있다. 내 그림을 보고 많은 사람이 그림을 팔아달라고 하지만 나는 앞으로도 영원히 그럴 생각이 없다. 내가 돈을 받고 그림을 팔게 되는 순간 그림은 나에게 또 다른 '일'이 되어버린다. 마감 시간이 생기고, 최소한의 퀄리티도 보장해야 한다. 그렇게 되면 나는 일에서 도망쳐 쉴 수 있는 마지막 취미 영역을 잃어버리게 되는 것이다. 그러니 아무리 잘하고 좋아하는 것이라도 내가 즐길 수 있는 여지는 남겨두기.

셋째, 일은 내 리듬대로. 이 규칙을 잘 지키려면 일단 나에 대해 잘 알아야 한다. 나는 아침보다는 낮에, 낮보다는 밤에, 밤보다는 새벽에 집중이 잘 되는 사람이다. 한 번 집중하기 시작하면 오랜 시간 몰두할 수 있지만, 그 집중이 깨지면 다시 돌아오기가 힘들다. 게다가 난 너무나 감정적이고, 즉흥적이다. 이런 자신을 잘 다루기 위해서 나는 이렇게 일한다.

해가 떠 있는 시간에는 짧게 할 수 있는 일들을 한다. 메일 답장 보내기, 기획안 작성하기, 온라인 강의에 달린 문의 글 답변하기, 원고 확인하기…. 그리고 낮잠을 잔다. 머리가 아플 때까지. 해가 지면 집중력이 요구되는 중요한 일들을 한다. 영상 편집, 원고 작성…. 그러다 재미가 없어지면 바로 관둔다. 침대에 누워 몇 시간 동안 휴대폰을 만지작거리기도 하고, 넷플릭스를 보며 치킨을 먹기도 한다. 그렇게 마음껏 쉬고 나면 다시 일할 마음이 생긴다. 집에서 일하려면 일상과 일을 명확하게 구분해야 한다. 일을 하다가 집중이 되지 않는다고 그 자리에 앉아 잠시 딴짓한다고 해서 집중력이 돌아오진 않는다는 뜻이다. 아예 자리를 박차고 일어나 퇴근을 하듯이 일상으로 넘어오는 것이다. 이처럼 나에 대해 잘 파악하고, 내 리듬에 맞게 일을 한다면 훨씬 효율적인 작업을 할 수 있다.

마지막, 일정 관리. 다양한 일을 동시다발적으로 처리하려면 스케줄러는 필수. 회사처럼 누가 나에게 매번 업무지시를 하지도 않고, 리마인드 메일을 보내는 거래처도 없다. 나는 애플의 캘린더 앱을 이용하는데, 아이폰에서도, 맥북에서도, 아이맥에서도 확인할 수 있어서 무척 편리하다. 오늘은 어떤 일을 해야 하는지 아주 사소한 거라도 모두 적는다. 어디에 전화하기, 누구와 미팅, 언제까지 기획안 제출…. 그럼 깜빡하고 빠트리는 일도 없어지고, 어떤 일을 먼저 처리해야 하는지, 언제 바짝 일하고 언제 여유를 부릴 수 있는지 한눈에 확인할 수 있다.

: 히조

많은 사람들이 혼자 일하는 것에 대해 궁금해한다. 인스타
그램이나 블로그를 통해 개인적인 고민을 이야기하는 사람들
도 꽤 많았다. 대부분은 어떻게 시작했는지, 지속하는 데 어려
움은 없는지, 미래가 불안하지 않은지에 대한 질문과 함께 자
신이 할 수 있을지에 대한 불확실한 믿음, 가족의 반대에 대한
걱정을 털어놓았다. 고민과 질문엔 본질적으로 두려움이 묻어
있었다. 겪어보지 않았으니 당연하다. 나는 프리랜서로 생활한
시간이 긴 편도 아니고, 아직 어렵고, 미래가 불안하지만, 얼마
의 과정에서 느끼고 깨달은 것을 이야기해보려 한다.

프리랜서로 살기 위해선 당연히 돈이 될 만한 '나의 장점'이
필요하다. 색깔이 분명할수록 좋지만, 굳이 '나만의' 것일 필요
는 없다. 이에 대한 고민 없이 프리랜서가 되길 원하는 사람은
없을 거(라 믿)고, 나는 이것만큼 중요하게 따져볼 게 하나 더
있다고 생각한다. 공부도 누군가 시켜야 한다며 스스로 기숙
학원에 들어가는 사람이 있고, 집에서 자기 성향에 맞는 방법
으로 공부하는 사람이 있다. 나는 지극히 후자였다. 아침잠이
유독 많은 나는 재수 시절에도 점심쯤 일어나 새벽까지 공부했
다. 남들이 보기엔 생활 리듬이 깨져 보였겠지만 내가 가장 집
중할 수 있는 시간에 공부하는 게 효율적이라고 생각했다. 집
에서 내가 원하는 스케줄을 따르는 만큼 모든 걸 스스로 관리
해야 하지만, 모든 일을 시작할 때 우선 혼자 해보는 게 습관인

내게는 자연스러운 것이었다.

이런 내 성격은 어렸을 때부터 내게 자율성을 준 엄마의 덕이 크다. 친구들은 아침마다 엄마가 방문을 열고 들어와 엉덩이를 때리며 깨운다던데, 우리 엄마는 내가 이불 속에서 "엄마, 학교 가기 싫어."라고 말하면 "그래, 학교에 전화해줄까?"라고 했다. 그러면 나는 잠시 망설이다 스스로 몸을 일으켜 씻으러 들어갔다. 미술 학원이며 인터넷 강의며 한 달에 나한테 드는 돈만 백이 넘었을 텐데 엄마는 내 성적표 한 번을 검사하지 않았다. 나는 내가 원하는 대로 선택하는 대신 온전히 책임져야 했다.

자율성이 주어진다는 건 그만큼의 의무가 뒤따르는 일이다. 프리랜서라고 말하면 집에서 일한다며 부럽다는 반응이 대부분이지만, 누군가 시키지 않은 일엔 시간과 일을 스스로 조율할 수 있는 능력이 필요하다. 당장 내일 놀면 그만큼 손가락을 빨아야 하는 게 프리랜서다. 월급 주는 연차도, 야근 수당도, 보너스도 없이 일한 만큼 정직하게 돌아온다. 프리랜서 일에 뛰어들기 전, 자신이 어떤 성향의 사람인지를 무엇보다 먼저 파악해야 한다.

물론 프리랜서는 장점이 많다. 특별한 일이 없으면 비가 오나 눈이 오나 집에서 작업할 수 있고, 운과 능력이 따라주면 회사의 월급보다 많은 돈을 벌 수도 있다. 하지만 모든 일이 그렇듯 그만큼의 단점도 존재한다. 모두가 아는 불안한 소득과 외로움 등을 차치하고, 내가 예상치 못했던 단점 중 하나는 안전성이다. 소속이 없다는 건 그만큼 보호를 받지 못한다는 말이다. 포토샵 과외로 한 달 벌어 겨우 한 달을 살던 시절, 당연히 들어오는 대부분의 과외를 받아 일했다. 거리가 터무니없이 멀거나 과제를 도와달라는 무리한 요구가 아닌 이상 몇만 원이라도 더 벌기 위해 기꺼이 받았다.

이런 생활을 몇 개월쯤 지속할 무렵 한 남자가 SNS에 사업 내용을 광고할 이미지를 제작하기 위해 수업을 해줄 수 있냐고 연락을 보내왔다. 당시 회사 업무나 개인 사업을 위해 포토샵을 배우는 수강생이 많았기에 대수롭지 않게 수업 장소와 일정을 잡았다. 그런데 사람 촉이란 게 참 신기하게도, 전에 없이 무언가 찜찜한 기분이 들었다. 나는 다시 연락해서 수업 준비를 위한 것이니 어떤 이미지를 원하는지 예시를 보여달라고 말했다. 그는 총 다섯 장의 이미지를 보냈는데, 여자들이 거의 헐벗은 몸으로 앉아 있는 사진 우측에 '160cm, 48kg' 같은 단어들이 프로필이랍시고 쓰여 있었다(그 아래에 있던 불쾌한 단어들은 입에 올리기도 싫다). 예정대로 수업을 위해 만나서 이미지를 보았다면 그의 앞에서 내가 단호히 거절할 수 있었을까? 두려움을 이겨내고 자리를 박차고 나올 수 있었을까? 나는 이 사건으로 불특정 다수에게 연락처가 공개되고, 상대방은 나를 알고 나는 모르는 누군가를 만나는 일에 이런 위험이 뒤따른다는 걸 처음 알게 됐지만, 애석하게도 마지막은 아니었다.

안정적인 직장을 다닌 경험, 주변의 만류에도 불안한 길을 선택한 경험, 내 선택의 책임감이 무거워 잠을 설쳐본 경험을 나도 가지고 있다. 정해진 길을 따라가지 않는다는 건 그만큼 예상치 못한 변수를 만날 확률이 크다는 말이다. 하지만 수많은 단점과 저울질하더라도 이 생활을 유지할 만큼 충분한 매력이 있다. 그건 추운 겨울 아침에 오들오들 떨며 버스를 기다리지 않아도 돼서도 아니고, 가끔은 한 달씩 여행을 떠날 수 있기 때문도 아니다. 내가 하고 싶은 것으로 돈을 벌어 먹고산다는 것, 이것은 내 자존감의 뿌리와 같다. 물론 가끔은 정당한 대가를 받지 못할 때도 있고, 내가 기대했던 방향과는 조금 다른 결과물이 만들어지기도 하지만, 내 인생을 원하는 방향으로 끌고 가고 있다는 생각은 언제나 나를 바로 세운다. 우리는 때때로 자신의 소망이 차지해야 할 자리를 타인의 기대에 양보한다. 나는 내 선택에 적신호를 보내는 사람이 많다고 느낄 때마다 그것을 경계하며 살아간다.

어둠이 당신을 덮치는 밤이면

: 숫뚜

　강남에서 버스를 타고 집으로 돌아오는 길이었다. 읽고 있던 책 사이에 손가락을 끼워 넣고 깜빡 졸았다가 왼쪽 팔에 느껴지는 축축한 느낌에 눈을 번쩍 떴다. 오른손으로 더듬더듬 만져보니 다행히 창문에 닿아있던 옷이 차가워진 것뿐이었다. 서늘한 옷과 피부를 다시 따뜻하게 되돌리기 위해 몇 번 위아래로 쓰다듬다가 문득 창밖을 봤다. 버스는 바다 옆을 지나고 있었다. 해가 지는 시간이라 강렬한 주황빛이 건물의 유리창부터 가로등, 도로, 바위, 축축한 갯벌까지 점령하고 있었다. 버스 맨 앞에 있는 시계를 본다. 오후 여섯 시 삼분. 이 시간을 기억해뒀다가 다음엔 카메라를 들고 이곳을 지날 것이다.

그나저나 여기를 어떻게 기억해야 좋을까? 핸드폰 배터리가 다 돼서 지도를 볼 수도 없고. 자다 일어나서 얼마나 왔는지도 모르겠는데. 아, 저기 톨게이트다. 강남에서 송도까지 오는 동안 톨게이트를 하나 지나는 건가? 그러면 저걸 기준으로 기억하면 되겠네. 나중에 차를 사면 베베랑 와야지. 드론도 띄워볼까, 멋있을 것 같은데. 여기서 띄워도 불법은 아니겠지? 그러고 보니 드론 새로 사야 하는데. 얼마였더라. 아 빨리 지난 달 촬영비 입금됐으면 좋겠다. 며칠 남았지. 왜 이렇게 돈 나갈 구석이 많은 거야. 난 왜 꾸준히 돈을 벌어도 돈 걱정을 하지? 돈 많은 백수가 되고 싶다. 이번 주 로또 안 샀는데.

내 생각은 이런 식으로 가지를 뻗어 나간다. 고작 바다를 보고, 톨게이트를 통과하기까지 머릿속으로 떠올린 생각이다. 그걸 잠자는 8시간 빼고 온종일 한다고 생각해보면…. 그렇다. 나는 생각이 정말 많다. 내가 언제 생각을 안 하지? 하고 떠올릴 때조차 생각을 하고 있고, 아무 생각 없이 멍 때려볼까? 하고 의도적으로 머리를 비우려고 할 때도 '멍 때리자 멍….' 같은 생각을 하고 있으니. 특히나 이렇게 마음이 부드럽게 풀어지는 풍경을 보고 있으면 자연스레 평소보다 더 생각이 많아진다. 좋은 생각이기도 하고, 나쁜 생각이기도 하고. 책에 어떤 글을 넣으면 좋을까 같은. 생산적인 계획이기도 했다가 때로는 말도 안 되는 상상을 하기도 한다.

내가 내 이야기를 책으로 쓰게 된다면 꼭 하고 싶었던 이야기가 있었다. 조금 전처럼 혼자 골똘히 머릿속의 나무를 키워나가는 나의 '생각 시간'에서 늘 몇 분을 차지하는 중요한 녀석이다.

나는 궁금증을 이기지 못하고 정기적으로 내 닉네임을 포털 사이트에 검색하고야 마는 판도라이기 때문에 굳이 내 블로그나 유튜브에 직접 댓글을 남기지 않더라도 나와 관련된 글은 대부분 나를 거치게 된다. 개인 블로그나 트위터, 카페…. 참으로 다양한 의견이 있지만, 그중 나에게 가장 씁쓸하게 와닿는 건 내 삶이 부럽다고 말하는 사람들의 글이다. 물론 곁에서만 봤을 때 그렇게 생각할 여지가 있다는 건 이해한다. 좋은 학교에, 사랑스러운 베베, 따뜻한 친구들, 이것저것 할 수 있는 재능에, 그 재능을 살려서 프리랜서로 살아가고, 아침에 느지막이 일어나 모닝커피를 마시고 공원 산책을 하고, 여느 직장인들처럼 어딘가에 얽매이지 않으니 여행도 자주 다니고, 돈도 많이 벌 것이고, 엄마와도 사이가 좋아 보이고… 기타 등등.

그러나 모든 사람이 그러하듯, 겉과 속은 많이 다른 법이다. 내가 내 삶을 부러워하는 사람들을 보며 씁쓸함을 느끼는 건 바로 이 때문이다. 과거의 나라면, 나도 나처럼 보이는 사람을 부러워하고 못난 현실의 자신과 비교하며 박탈감에 빠졌을 것이라는, 그러니까 괜히 보는 사람으로 하여금 멀쩡한 그들의 삶을 깎아 먹게 한 것 같은 죄책감(완벽히 설명할 수 없는 묘한 감정을 언어로 규정해버리니 내가 느끼는 것보다는 조금 더 무게감이 생겨버렸지만, 어찌 됐건 근본은 비슷하다). 왜냐면 나도 한때는 내가 알고 있는 모든 사람의 인생을 내 인생과 비교하던 시절이 있었기 때문이다. 미디어에서 보이는 연예인이나 셀러브리티들의 이미지만 보고 그 사람들의 인생이 어떨 것이라고 혼자 단정 지었고, 친구들의 겉 사정만 보고 그 겉 사정들을 나의 속사정과 비교하며 속상해했다. 때로는 그 속상함이 우울함이 되기도 했고, 가끔은 한 단계 뛰어넘어 분노가 되기도 했다. 누구는 매일 저렇게 즐거워 보이는데, 누구는 평생 돈 걱정도 안 하고 사는데, 누구는 내가 절대 가질 수 없는 걸 너무 당연한 듯 가지고 있는데…. 결국 남는 건 아무것도 없었다. 그런 소모적인 생각은 내 에너지를 빼앗아갔고 자꾸만 마음을 잠식했다.

자격지심으로 가득 찼던 시절로부터 몇 년이 흘렀다. 그동안 나는 독립을 했고, 내 공간을 꾸렸고, 새로운 일을 시작했다. 이제 알게 됐다. 길을 걸으며 먹는 삼각 김밥이 하루 유일한 한 끼일 정도로 치열하게 살아온 시간이 없었더라면 난 지금처럼 프리랜서로 자리 잡지 못했을 것이고, 불행한 가정사가 없었더라면 그냥저냥 안주하며 본가에 붙어있었을 것이다. 그럼 내 공간도 없었을 것이고, 나를 이만큼이나 알 수 없었을 것이고, 베베와도 이토록 각별해질 수 없었을 거다. 그래서 지금은 내가 절대 볼 수 없는 남들의 뒷모습을 생각하려고 노력한다. 모두에게 보이는 모습은 그 사람의 반은커녕 반의반의 반도 되지 않을 거라고.

그러니 어둠이 당신을 덮치는 밤이 오더라도 부디 늦지 않게 아침을 맞이했으면 좋겠다.

한국에서 페미니스트로 살아가기

: 숫뚜

페미니즘feminism. 사전적 정의로는 '여성의 권리 및 기회의 평등을 핵심으로 하는 여러 형태의 사회적/정치적 운동과 이론들을 아우르는 용어'. 어떠한 문제도 없는 이 단어 하나가, 한국에서는 엄청난 문제가 된다. 나는 도대체 한국 남자들이 왜 그렇게 페미니즘이라는 단어에 발작 가까운 분노를 쏟아내는지 이해할 수 없다. 솔직히 말하면 이미 양손에 사탕을 잔뜩 쥔 어린아이가 더 많은 사탕을 가지고 싶다고 생떼를 쓰는 것 같다.

한국에서 나고 자란 여자들은 아주 어렸을 때부터 차별을 받으며 자랐고, 사회에게 무시당했고, 남자들로부터 성희롱, 성추행, 강간을 당하며 살아남았다. 고작 오천 원 남짓의 커피를 마신다는 이유로 된장녀로 낙인찍혔고, 남자들이 여자들에게 하는 것과 똑같이 굴면 김치녀로 불렸다. 애를 제대로 돌보지 못하는 엄마는 맘충이라고 경멸당했지만, 그 어디에도 아빠를 욕하는 단어는 없었다. 남자 연예인들이 방송에서 이상형이 허벅지가 육덕진 여자라는 둥 말라도 가슴은 커야 된다는 헛소리를 거리낌 없이 내뱉을 때 어떤 여자는 키 180cm가 되지 않는 남자는 루저라고 한마디를 했다가 신상이 털려서 회사에서도 잘리고 재취업 길도 막혔다. 클럽에서 술에 취해 몸을 가누지 못하다가 낯선 남자에게 원치 않는 성폭행을 당한 여자는 그러게 왜 처신을 그렇게 하느냐며 옷차림부터 검열을 당했지만, 강간범이라고 불려야 할 남자들은 그 어디에도 없었다. 그들은 오히려 술에 취한 여자들을 골뱅이라고 부르며 몰래 사진을 찍어 어딘가로 쉴 새 없이 공유했고, 여러 여자를 강간한 것이 훈장이라도 되는 양 골뱅이 투어 같은 단어를 써댔다. 그러는 동안 여자들은 성범죄를 당하지 않기 위해 자신의 옷차림을 신경 썼고, 비싼 돈을 지불하며 원룸 대신 경비원이 있는 오피스텔을 선택했으며 개념녀가 되기 위해 남자들이 원하는 대로 행동했다.

그런 어느 날 '메갈리아'가 생겼다. 남자들이 하는 걸 똑같이 하자는 게 그들의 첫 시작이었다. 남자들이 여자들에게 그러하듯 남자 연예인의 신체 부위를 평가했고, 맘충 대신 앱충을, 된장녀 김치녀 대신 한남(한국 남자)을 썼다. 그러자 하루 만에 남자들이 난리가 났다. 그저 자기들이 몇십 년간 해오던 것을 단 하루, 똑같이 해줬을 뿐인데. 이러한 '눈에는 눈 이에는 이' 방식이 유치하다거나, 대항 발화로서 효과와 당위 모두를 잃었다고 비판하는 사람들도 있다. 하지만 여태 그렇게 여자들이 참아서 바뀐 건 아무것도 없었다. 그래서 나는 메갈리아의 방식이 너무나 통쾌했다.

이전까지 한국 사회의 여성 혐오에 대해 몸으로는 인지하고 있었지만 명쾌하게 말로 설명할 수 없었다면, 메갈리아의 등장 이후로 나는 언어를 얻었다. 나는 주변 모든 사람에게 내가 페미니스트라고 말한다. 성별을 떠나 모든 사람은 페미니스트여야 한다고 생각하기 때문이고, 내가 페미니스트라고 말해서 나에게 멀어질 사람이라면 하루라도 빨리 쳐내고 싶기 때문이다. 남자들과 이 주제로 이야기를 하다 보면 보통 두 가지의 반응을 볼 수 있다. 나와 싸우기 싫어서 어설프게 이해하는 척하거나, 자기가 틀렸다는 걸 인정하기 싫어서 말 하나하나 꼬투리를 잡고 반격하려고 노력하는 경우. 둘 다 기분은 썩 좋지 않다.

온라인에서 내가 의식적으로 하려고 하는 건 인스타그램이나 블로그에 페미니즘과 관련된 것들을 자주 올리는 거다. 페미니즘과 관련된 책을 추천하거나, 잘 쓴 기사를 스크랩하거나, 말도 안 되는 기사를 비판하는 식이다. 그 게시물들이 나를 팔로우하고 있는 많은 사람에게 작은 영향이라도 끼칠 수 있길 바란다. 그리고 누군가의 용기가 될 수 있기를.

인스타그램 팔로워나 블로그 이웃들이 주로 여성이어서 그런 건지 혹은 내가 얼굴을 공개하지 않아서 그런 건지 잘 모르겠지만, 지금까지 나는 꽤 안전했다. 그런 게시물을 올렸다고 해서 특정 사이트에서 우르르 몰려온 남자들을 상대할 일도 없었고, 개인 메시지로 험한 욕을 받은 적도 없었다. 페미니스트라고 선언했다는 이유만으로 직장에서 잘리는 수많은 여성들을 볼 때, 나는 명백하게 운이 좋은 사람이었다. 하지만 그럼에도 가끔 숨이 막힌다. 그 숨 막힘을 가장 최근에 겪은 건 블로그에 글 하나를 올렸을 때의 일이었다. 이 글을 쓰고 있는 2020년 2월엔 트랜스젠더와 관련된 일들이 뜨거운 감자였다. 성전환하고 여대에 가겠다는 남자. 성별 정정이 되었으니 여군으로 활동하겠다는 남자. 나는 아직도 왜 전 세계가 트랜스젠더를 너무도 당연하게 성 소수자로 인정하는 분위기인지 이해할 수 없다. 이 문제에 유독 더 화가 나는 건, 트랜스젠더를 포용하지 않는다고 해서 내가 젠더 감수성이 증발해버린 사람 취급을 당한다는 것이고 약자 혐오나 성차별을 하는 사람처럼 여겨진다는 것이다. 종species, 인종, 국적…. 날 때부터 규정되는 것들은 전부 내가 입맛대로 바꿀 수 있는 게 아니다. 내가 새를 동경하고 새처럼 날고 싶고 날개를 갖기를 꿈꾼다고 해서 내가 트렌스 이글^{eagle}이 될 수 없듯이, 내가 오른쪽 다리가 내 다리로 느끼지 않는다고 해서 멀쩡한 다리를 자를 수 없듯이(사실 앞선 두 주장을 실제로 한다면 정신 병원에 입원해야만 할 것이다).

자신의 정체성이 흑인이라고 생각한 백인 여성 마티나 빅 ^{Martina Big}은 The Maury Show에 출연해 온갖 비난을 받았다. 그는 어렸을 때부터 자신이 흑인으로 느껴졌다고 했고, 백인인 자신의 모습을 견딜 수 없어 수차례 태닝을 하고 성형 수술을 해서 흑인의 외형을 갖추었다. 단순한 장난이었다면 피부와 두피를 그렇게나 손상시켜가면서, 죽을 각오를 하면서 무리한 시술과 성형을 하지는 않았을 것이다. 그러나 그가 무슨 말을 할 때마다 관객석에서는 야유가 터져 나왔고, 제작진은 그의 모습을 우스꽝스럽게 편집했다. 아무리 흑인을 따라 하려고 하더라도 그는 명백한 백인이니까. 하지만 누군가 타고난 성별을 바꾸고 싶다고 하면 온 세상이 응원해준다. 법적으로도 성별을 바꿀 수 있고, 뒤에서 무슨 말을 할지언정 적어도 앞에선 대부분 정정한 성별에 맞는 호칭으로 그를 부른다. 그렇지 않으면 차별주의자가 되니까.

만약 이 세상에 MTF^{Male To Female}보다 FTM^{Female To Male}이 압도적으로 많았더라면? 그럼 트랜스젠더를 이렇게까지 이해해주는 사회가 될 수 있었을까? 성기 수술조차 하지 않은 비수술 트랜스젠더에게 법적 성별 정정을 해주고, 남군에 지원하겠다고 하면 온 언론사가 앞다투어 그들을 인터뷰했을까? 남자들이 그(녀)들을 진짜 남자로 봐달라고 대신 시위도 해주고, 그(녀)들을 남자로 보지 않는 사람들을 대신 욕해주었을까? 나는 모두 아니라고 생각한다. 여성들은 이제 사회(같은 의미로 남성)가 주입하는 압박을 벗어날 때가 되었다. 기득권을 가지고 있는 자들이 무언가를 강하게 주장하고, 더 나아가 여성들에게 그걸 따르길 강요한다면 그건 결코 우리에게 득이 되는 건 아닐 거다. 아무튼 트랜스젠더, 그중에서도 MTF을 강력하게 비판하는 내 글은 순식간에 몇천 조회 수를 달성했고 새벽까지 댓글이 달렸다.

특별히 대단한 활동을 하지 않아도 한국에서 페미니스트로 산다는 건 그 자체로 참 힘든 일이다. 이상은 높은데 현실은 참 담하니까. 주변 사람들에게 예민하고, 부정적이고, 이상한 사람으로 불릴 수도 있다. 그렇지만 나는 앞으로도 계속 목소리를 낼 것이고 한국에 사는 한 포기하지 않을 것이다. 깨어있는 불편함이 무지한 편안함보다 나은 거라 믿으며.

: 히조

　많은 여성이 그러하듯 나 또한 2016년 5월, 강남역 살인사건으로 일명 '각성'했다. 범인은 화장실에서 잠복하며 여섯 명의 남성을 그냥 보내고 처음 들어온 여성을 찔러 살해했다. "여자들이 나를 무시해서 그랬다.", "엄마가 준 옷도 안 입었다. 엄마도 '여자'니까."라는 범인의 진술을 포함해 모든 것이 이 사건을 '여성 혐오'에서 비롯된 범죄라고 말하고 있었지만, 일부 언론과 여론은 조현병이 원인이 된 '묻지마 살인'이라고 입을 모았다. '여성 혐오' 살인이란 걸 인정하면 큰일이라도 나는 것처럼, 숨기고 있던 무언가를 들킨 마냥, 뭣 모르는 어린아이의 눈을 가리듯 그렇게.

　친구가 택시를 타면 차 번호를 서로 찍어 주고, 헤어질 땐 "조심히 들어가, 도착하면 연락해."라는 말이 자연스럽게 나왔다. 너무도 당연해서 근본적인 원인을 생각할 틈이 없었다. 나는 내가 매일 위험 속에 산다는 걸 인지하고 있었다. 다만, 강남역 살인사건을 통해서 뼛속까지 스민 두려움의 원인을 직면했을 뿐이다. 나는 지금까지 운이 좋아서 살아남은 것이다. 여자라는 이유로 죽은 그는 내가 될 수도 있었다. 나와 같이 현실을 마주한 여성들이 강남역 10번 출구에 모여 자발적인 포스트잇 추모를 벌였다.

　"'운이 좋아' 그 자리에 없었을 뿐, 누구든지 죽을 수 있었겠죠. '살아남은' 사람들이 당신을 기억하겠습니다."

"예쁜 옷 입어도 돼요. 밤늦게 돌아다녀도 돼요. 싫으면 싫다고 얘기해도 돼요. 그 무엇도 당신의 잘못이 아니에요."

"내가 살해당했다면 네가 이 자리 이곳에 와주었겠지."

그로부터 3년이 넘는 시간이 흘렀다. 우리는, 우리 사회는, 그동안 얼마나 달라졌을까. 2018년 5월, '불편한 용기'의 주최로 열린 불법 촬영 편파 수사 규탄 시위가 11만 명이 모인 6차를 끝으로 무기한 연기되었지만, 최근 19년 12월에 페미사이드 철폐를 위해 여성들은 1년 만에 다시 혜화역에 집결했다. 82년생 김지영이 밀리언셀러가 되었고, 영화는 개봉하기도 전에 받은 평점 테러가 무색하게 367만 명의 관객을 모았다. 낙태죄 헌법 불합치가 결정되었고, 해외의 언론에서 한국의 탈코르셋 운동을 주목했다. 우리는 이토록 숨 가쁘게 달려왔지만, 이 정도로 만족할 수 있을까.

배우 이주영은 맥 딜리버리 아르바이트 면접을 갔다가 '할 수 있겠냐'는 말에 "왜 못하겠어요?"라고 반문하며 일을 시작했다고 한다. 최근 구독자 수 100만을 돌파한 유튜버 박막례 할머니와 유라 PD는 BBC 공식 사이트에 소개되고, 유튜브 CEO에 이어 시간 단위로 스케줄화되어 있는 구글 CEO까지 만났다. 이렇게 대단한 일을 해내고 있는 것에 비해 한국의 언론은 믿기 힘들 정도로 잠잠하다. 얼마나 많은 시도가 시작도 전에 꺾였을까. 얼마나 많은 공적이 알려지지 못하고 묻혔을까.

우리는 여성 혐오에 대해 조금 더 민감하게 반응해야 한다. 여성 혐오는 비단 살인, 강간, 성추행, 폭언에 국한되지 않는다. 여성 혐오는 여성의 자유를 제한시키는 모든 언행과 성적 대상화, 차별을 포함한다. 김치녀, 된장녀, 맘충, 처녀작 같은 노골적인 혐오 표현이 아니더라도, '여배우'와 '그녀'도 차별이기에 여성 혐오적 단어가 맞다. '남배우'나 '그남'이라는 단어를 쓰지 않으니까.

안타깝게도 여성 혐오가 만연한 건 언어뿐만이 아니다. 나는 백화점 판매 아르바이트를 시작할 때 '용모 단정(화장 필수)'이라고 적힌 안내문을 받았다. 옆에서 함께 일을 시작한 남자가 받은 것엔 없는 내용이었다. 나는 "뭔 여자애가 올 때 커피 한 잔 사 오는 센스도 없네."라는 말에 귀를 의심해야 했고, 스물다섯 살이 되던 해엔 '꺾였다'라는 말을 웃어넘겨야 했다. 어렸을 때부터 당했던 수많은 성희롱과 불법 촬영에 대한 두려움을 언급하지 않더라도 나는 숨 쉬듯 여성 혐오를 당하며 살아왔다고 말할 수 있다.

한국의 페미니스트는 괴로운 자리다. 먼저 악의적인 말을 들었어도 끝내 예민한 사람이 되는 건 나고, 용기 내어 밝힌 소신은 유행처럼 번지는 정신병으로 해석되기 십상이다. 당당히 페미니스트라고 말하기 두려운 시절이 있었다. 시위에 갈 땐 염산이라도 맞을까, 사진이 찍혀 조롱이라도 당할까 두려워 모자에 마스크로 얼굴을 가렸다. 참으로 고단한 일이다.

하지만 혼자보단 둘이 낫고, 둘보단 셋이 낫다는 걸 우리는 알고 있다. 술자리에서 "화장 좀 하고 다녀."라는 말을 들었을 때, 누군가의 성차별적인 농담을 듣고도 아무런 말도 할 수 없었을 때, 절친했던 친구가 안티 페미니스트라는 걸 알았을 때, 나는 언제나 숫뚜에게 연락해 한바탕 하소연을 하고서야 폭발할 듯 들끓던 마음을 진정시키곤 했다. 숫뚜 뿐인가. 나는 강남역 10번 출구에서, 혜화역에서, 광화문에서 연대의 든든함을 피부로 느꼈다. 혼자서는 벅찬 과정에서 우리는 서로가 서로의 용기가 될 것을 믿어 의심치 않는다.

* 페미니즘 책 추천

〈82년생 김지영〉
조남주, 민음사
_당연시 여겨왔던 문제를 직면하기

〈우리에겐 언어가 필요하다〉
이민경, 봄알람
_실전을 위한 매뉴얼

〈우리에게도 계보가 있다〉
이민경, 봄알람
_외롭다고 느껴진다면

〈유럽 낙태 여행〉
우유니게 외 3명, 봄알람
_우리가 이룬 것과 경계해야 할 것

〈나는 내 파이를 구할 뿐 인류를 구하러 온 게 아니라고〉
김진아, 바다출판사
_우리의 야망과 연대를 굳건하게 다지기

〈다시는 그 전으로 돌아가지 않을 것이다〉
권김현영, 휴머니스트
_내가 예민한 게 아니라는 것을

비혼에 대하여

: 히조

일정한 나이가 지나고 나면 사람들은 더 이상 내게 장래희망을 묻지 않는다. 이미 무언가를 이루었거나, 이루는 중이라는 전제가 깔려있기 때문이다. 그 대신 혼자인 나에게 어떤 사람을 좋아하냐고 자주 물어왔다. 나이를 채워갈수록 곁에 반려자가 있어야 한다는 전제가 깔린 질문이다.

한때 나는 이 질문에 '시를 읽는 사람'이라고 대답했다. 시를 읽는 사람은 마음속에 단단한 바위와 잔잔한 호수가 공존할 거라 믿었다. 그 믿음이 내게 적용이 되지 않는 것처럼, 상대방에게도 찾을 수 없다는 걸 깨달을 무렵에 나는 완전한 비혼주의자가 됐다. 젊었을 때 연애를 하지 않고, 적당한 나이에 결혼하지 않고, 결혼은 했는데 애를 낳지 않는 사람들을 질책하는 사회. 퀘스트를 깨나갈 때마다 또 다른 미션으로 미완성의 사람을 만들어버리는 구조에 이골이 났다. 처음 자신에게 선물한 만년필에 'mi vida es mia(내 인생은 나의 것)'을 새기며 나는 더 이상 누군가를 찾는데 인생을 쓰지 않기로 했다. 대신 스스로 바위와 호수가 공존하는 사람이 되자는 다짐을 한 날이었다.

비혼주의라는 걸 밝혔을 때 돌아오는 질문은 크게 세 가지다. 첫째, 왜? 둘째, 언제부터? 셋째, 아직 젊은데 두고 봐야 하지 않을까? 여기에 가끔은 '남자친구가 이해해줘?'라는 질문도 함께했다.

첫 번째 질문에 대한 대답을 터놓고 얘기하자면 사흘 밤낮이 모자라지만, 나는 혼자인 게 좋다는 단순해도 중요한 사실 하나를 이야기한다. 혼밥이나 혼술이라는 단어가 생길 정도로 지금은 세상의 '혼자'에게 꽤 관대해진 것도 사실이나, 연애나 결혼의 문제에 있어선 아직 한참 멀었다는 게 내 생각이다. 얼마 전 추천받은 드라마를 정주행 하다가 비혼주의자인 여자주인공이 남자 주인공에게 이런 대사를 날리는 장면을 봤다.

"너는 지금 네가 일반적이고 네 선택이 우위에 있다고 생각하고 있잖아. 봐, 나만 해명하고 있잖아, 지금. 네가 결혼을 하고 싶어 하는 건 해명할 필요도 없잖아. 근데 나는 결혼을 안 한다는 이유만으로 지금 너한테 이렇게 많은 걸 해명하고 있잖아."

맨스플레인과 함께 '응응 다 알아요'를 시전하는 남자 주인공을 차치하고라도, 결혼에선 개인의 선택에 자율성이 담겨 있지 않은 답답한 현실이 잘 녹아있는 대사라고 생각한다.

나만 해도 비슷한 경험이 있다. 내 마지막 연애 상대는 한 살 연상의 남자였는데, 몇 년 동안 지속한 관계를 한 번에 무너뜨릴 정도로 끝이 안 좋았지만 헤어지기 전날까지만 해도 우리는 크게 싸운 적도 없이, 흔한 권태기도 오지 않은 일명 '주변에서 부러워하는' 커플이었다. 나는 비혼주의자임을 연애 초반부터 미리 이야기했고, 그는 내 입장을 존중했다. 아니, 존중하는 것처럼 보였다. 그는 둘 사이에 시간이 점점 쌓일수록 농담조로 결혼에 대해 자주 언급하기 시작했다. '결혼하면 아기는 몇 명 낳고 싶어?', '어떤 프러포즈를 받고 싶어?' 이런 말은 우리 사이에 암묵적으로 결혼이라는 게 합의된 것처럼 보이게 만들었다. 나는 그제서야 그가 처음부터 나를 이해할 마음이 없었다는 걸 깨달았다. 더 정확히 말하면, 그래야 한다는 생각조차 안 했을 거다.

하나가 아닌 둘이, 둘에게는 결혼이 기본이라고 생각하는 사람들은 말을 할 필요가 없지만, 옆에서 그게 아니라고 말하는 사람은 구구절절 설명하면서도 죄책감을 느껴야 한다. '안

하는 것'이 아니라 '하는 것'이 디폴트인 아이러니한 상황이 계속된다. 나는 그래서 법이나 사회보단 '혼자가 좋다'는 가장 단순하고 자기중심적인 이유를 말한다. 결혼은 개인의 선택이며 개인의 선택은 당연히 짜장면보단 짬뽕이 좋다는 정도의 문제도 존중받아 마땅하다. 구구절절한 이유를 말하지 않더라도 '하기 싫다'라는 한 마디로 설명이 되어야 한다. 내가 쌀국수에 고수를 넣지 않는다고 해서 넣는 사람을 설득해야 할 필요는 없어야 하지 않을까.

비혼메이트

: 히조

나는 워낙 미래에 대해 고민하지 않는 편이기도 하고, 딱히 그럴 사안도 안되지만 비혼주의자임을 밝혔을 때 주변에서 대신 걱정해주는 것들이 있다. 대부분은 돈과 외로움에 관한 것이다.

일단, 돈에 대해 말하자면 사실 의아하다. 사람들은 결혼을 원하는 사람들에게 "결혼 비용은? 육아는? 노후 대책은?"이라는 질문을 하지 않는다. 그런데 비혼주의라고 말하면 내가 당장 내년에 지천명이라도 되는 것처럼 노후 준비에 대해 물어

본다. 혼자 산다는 건 수입이 둘이서 버는 것만 못 할 수도 있지만, 그만큼 돈이 나갈 일도 적다는 뜻이다. 물론 나는 둘보다 나은 하나를 목표로 한다.

　두 번째는 외로움인데, 나는 돈만 준다면 일 년 동안 방에서 혼자 지낼 자신도 있는 사람이라 크게 걱정하지 않는다. 얼마의 연애 경험으로 누군가 곁에 있다고 해서 외롭지 않은 것은 아니라는 걸 깨닫기도 했다. 나는 그저 간혹 따끔하게 느껴지는 인생의 희로애락을 술 한 잔과 함께 슬퍼하고, 화내고, 기뻐하고, 공감해줄 친구만 있으면 된다고 생각한다. 너무 많은 걸 바라나 싶지만, 운 좋게도 나는 그런 친구를 일찌감치 옆에 끼고 있다. 숫뚜와 나는 "우리 같이 비혼 하자!"라고 합의를 봤다거나, 서로가 비혼주의자인 이유에 대해 이야기한 적이 없다. 이 문제는 우리에게 "비 오는 날엔 역시 삼겹살에 소주지." 정도로 당연한 문제라 굳이 언급할 필요도 없었다고나 할까.

　어느 순간부터 우리는 서로의 생일을 함께 보냈다. 말하지 않아도 자연스럽게 일정을 비워놓고 맛있는 음식과 술로 그럴싸하게 식탁을 차렸다. 재작년 나의 생일엔 숫뚜가 회사에서 쓰라며 텀블러 상자가 들어 있는 스타벅스 쇼핑백을 건넸다. 평소 내가 스타벅스를 싫어한다는 걸 잘 아는 숫뚜의 선물에 나는 당황스러움을 감추지 못한 채 포장을 뜯기 시작했다. 포장지를 뜯었더니 상자가 나오고 상자를 열었더니 또 다른 포장지가 나왔다. 양 손바닥만 했던 상자가 한 뼘 크기가 되어서야 에어팟이 영롱한 자태를 드러냈다. 완벽한 서프라이즈 선물이었다.

그날 이후 우리는 서로를 위해 깜짝 선물을 준비하는 일에 재미를 붙였다. 숫뚜의 생일에 나는 미리 다른 선물을 구매한 척 포토샵으로 구매 영수증을 만드는 치밀함까지 보였다. 꼭 어릴 때로 돌아간 것처럼 선물을 준비하고, 거짓 연기를 하고, 결과적으로 기뻐하는 친구를 보는 일은 중독성이 깊었다. 서로의 생일은 대외적인 기념일에 큰 의미를 두지 않는 우리가 일년에 한 번 설레는 마음으로 특별한 일을 꾸미는 날이 되었다.

20대의 마지막을 보내고 있는 지금, 지난 시간을 돌아보면 참 많은 것이 변했다. 안정된 직장을 다닐 줄 알았던 나는 프리랜서로 자리를 잡기 위해 고군분투 중이고, 평생 갈 것 같던 친구와 한순간에 멀어지고 생각지 못한 인연이 생겼다. 20대 초반엔 생일이며 크리스마스, 연말 같은 기념일에 친구와 친구의 친구까지 불러 모아 왁자지껄한 시간을 보냈다. 일정을 잡지 않으면 세상과 동떨어진 기분에 패배감을 느끼던 시절이 있었지만, 이제 나는 약속 자체가 부담스러운 집순이가 되었다. 프리랜서가 된 이후로는 일주일 내내 혼자 있어도 어색하지 않다. 어느 순간 눈에 띄게 줄어든 인간관계가 불안하게 다가올 때도 있지만, 그것도 잠시일 뿐이다. 나는 진심으로 혼자인 게 좋고, 혼자라서 행복하다. 다만 나처럼 혼자임을 너무도 사랑해서 서로의 영역을 존중하면서도, 삶의 순간순간에 기대어 갈 수 있는 동반자가 있어 더 견고해질 수 있다고 믿는다. 일 년에 한두 번쯤 이런 친구를 위해 마음을 쓰는 즐거움 또한 내게 큰 힘이 된다.

결혼하지 않아도 잘 사는 사람이 눈에 띄게 많아지면 세상은 비혼주의자에게 걱정의 탈을 쓴 잔소리를 그만둘까. 서른 살의 여자를 노처녀로 낙인찍어 당장에 결혼하지 않으면 고장이라도 나는 것처럼 묘사하던 드라마를 기억한다. 시간이 흘러 이젠 내 주변만 둘러봐도 결혼을 하지 않겠다는 자신의 선택을 당당히 말하는 여성들이 여럿이다.

속 터지게 느리지만, 세상은 분명 변하고 있다. 나는 비혼 여성도 잘 먹고 잘살 수 있다는 당연한 사실을 보여주고 싶다. 결혼이라는 제도로 묶인 이성과의 관계가 아니더라도 같은 생각으로 뭉친 여성들의 연대가 충분한 버팀목이 된다는 걸 말하고 싶다. 끊임없이 이야기하다 너무 지치기 전 어느 순간에, 당연한 사실이 당연시되는 순간을 함께 목도하고 싶다.

: 숫뚜

　나에게는 아주 훌륭한 짝이 있다. 관심사가 일치하고, 술 마시는 스타일과 주량이 비슷해 자주 술을 마시고, 일 년에 몇 번씩 같이 여행을 다니고, 삶의 소중한 순간들을 빠짐없이 공유하는 짝. 우리는 결혼은 여자의 무덤이라는 것에 적극 동의하는 비혼주의자들이기 때문에 아마 앞으로도 우리 사이에 다른 누군가가(남친이라든가 남편이라든가 최악의 경우 아이라든가) 끼어들어 올 가능성은 낮을 것이다. 연애를 하더라도 남자를 최우선순위에 놓는 바보 같은 짓은 우리 둘 다 하지 않을 거란 확신도 있다. 그러니 이보다 훌륭한 짝이 또 어디 있을까.

　5년째 혼자 살면 "외롭지 않아?"라는 말을 귀에 딱지가 앉도록 듣게 된다. 그럴 때마다 나는 적절한 대답을 찾을 수 없어 고개를 갸웃하게 되는데, 도대체 왜 혼자 산다는 것이 외로움과 동일시되는지 이해할 수 없기 때문이다. 내가 혼자 산다고 해서 세상과 등지고 살아가는 것도 아닌데 단순히 동거인이 없다는 이유로 외로워야 하는 걸까? 여느 사람들이 그러하듯 나는 종종 외롭기도 하고 우울하기도 하고 만사가 귀찮아지기도 한다. 하지만 그건 내가 인간이기 때문이지 혼자여서가 아니다.

　최근 나는 '혼자 사는 프리랜서의 Q&A'라는 영상을 유튜브에 올렸다. 먼저 구독자들이 나에게 어떤 점을 궁금해하는지 질문을 받고, 그 질문에 답을 하는 영상. 이쯤 되면 예측할 수 있겠지만, 가장 많았던 질문은 '외롭지 않나요?'였다. 기대에 부응하기 위해 외로운 척이라도 해야 하는 걸까. 나는 외롭지 않다고 답했다. 그런데 놀랍게도 몇몇 사람들은 나의 그 대답에 반박하는 댓글을 달았다. '안 외롭긴, 혼자 살면 외롭지'라든가, '누군가와 함께라면 그게 얼마나 행복한 일인지 깨달을 거야' 같은. 이 사람들은 나를 '혼자라서 불행하고 외로운 미완의 사람'으로 여기는 게 분명했다. 글쎄, 오히려 살을 부대끼고 사는 누군가가 없다고 해서 외로울 삶이라면 그야말로 미완이 아닐까. 나는 나 자체로 완전하다.

그와 비슷한 맥락의 질문이 하나 더 있었는데, '혼자 사는 삶'에 연애가 포함되느냐 마느냐 하는 것이었다. 나는 전자를 꼽았다. 인간이라면 누구나 사랑받고 싶은 욕구가 있다. 의외로 나는 사랑이 인간을 완성한다고 믿는, 사랑 예찬자다. 가족과 친구들이 아무리 가깝고 끈끈해도 애인과는 다르다고 믿는다. 어느 쪽의 사랑이 더 크다는 게 아니라 그냥 다른 종류의 사랑이라고. 친구의 사랑으로는 가족의 사랑을 대체할 수 없고, 가족의 사랑으로는 애인의 사랑을 대체할 수 없고, 다시 애인의 사랑은 친구의 사랑을 대체할 수 없는 것 같은 관계랄까.

나도 좋은 사람이 있다면 연애를 할 거다. 결혼만 빼고. 그러니 혼자 사는 사람에게 '외롭지 않으냐', '좋은 남자를 만나면 생각이 바뀔 거다', '늙어서까지 혼자 살 수 있을 것 같냐' 같은 무례한 말은 접어두도록 하자. 행복한 면만 강조하면서 둘이 되기를 강요하지 말고, 불행한 면도 있음을 인정하자.

크리스마스, 연말, 새해…. 남들은 대게 사랑하는 사람과 함께 보내는 날들도 나는 혼자다. 지금보다 어릴 땐 친구들과 술집에서 술을 진탕 마시고 케이크에 초를 붙였지만 이제 그러기도 지쳤다. 그래서 그냥 집에 조용히 있는다. 자고 일어나면 기념일은 끝이 나있다. 원래 그런 기념일에 크게 의미를 두지 않는 나지만, 주변에서 하도 난리를 치니 괜히 '그런가?' 싶은 마음이 들 때도 있다. 그러니까 왠지 그런 날들에는 누군가와 함께 기념적인 시간을 보내야 할 것 같은 부담감이 스멀스멀 올라온달까. 결국, 나를 외롭게 만드는 건 혼자인 내가 아니고 세상에 가득한 사람들이다. 이런 딜레마를 해결하기 위해 히조 언니와 나는 그런 날들을 책임져주는 비혼메이트가 되기로 했다. 우리는 앞으로 수많은 휴일을 함께 할 것이고 세상이 자꾸만 우리를 프레임 안에 가두려고 할 때 서로의 방패가 될 것이다.

게다가 최근에는 우리가 정신적 의미의 메이트가 아니라 물리적 의미의 메이트가 되어야 하는 이유가 생겼다. 내가 이사를 하고, 짐 정리를 하고, 둘이 같이 글을 쓰고, 침구 브랜드를 론칭하면서 우리는 자연스레 몇 주간 붙어있게 되었다. 새집에서 같이 눈을 뜨고, 같이 아침을 챙겨 먹고, 날이 좋으면 산책을 하고, 글을 쓰다 머리가 지끈거리면 카페에 가서 매번 똑같은 음료를 주문하고, 맛있는 배달 음식을 주문해 술을 마시고…. 누군가와 함께 하는 삶을 고작 몇 주 겪으며 나는 깨달았다. 〈여자 둘이 살고 있습니다〉의 작가 둘이 왜 같이 살기로 했는지. 그리고 왜 그렇게 만족하는지 말이다. 나는 이제 히조 언니가 없는 집이 어색하다. 괜히 텅 빈 것 같기도 하고, 쓸데없이 집이 큰 것 같기도 하다. 내가 우울하거나 언니가 보고 싶은 날에는 한 시간을 달려갈 필요 없이 바로 만날 수 있었으면 좋겠다. 꼭 한 집에 살지 않더라도 이른 시일 내에 우리가 동네 친구라도 되었으면 좋겠다. 그게 내가 바라는 이상적인 비혼메이트다.

N 뒤에 숨은 26만의 가해자

: 히조

며칠째 잠이 오지 않고 모든 일에 의욕이 서지 않는다. 일상의 순간순간마다 분노가 치밀어 올랐다. 살면서 겪은 수많은 악재 속에서 다음엔 의연하게 대처할 수 있기를 바라며, 조금 더 단단해지길 원하며 마음을 가다듬었던 노력들이 순식간에 물거품처럼 녹아내렸다. 어느 정도는 거리를 둬야 한다는 누군가의 조언이 귀에 들어오지 않는다. 이성적인 생각을 하기 힘들었다.

n번방의 놀이는 온라인 성 착취에 그치지 않았다. 이들은

노예를 오프라인으로 끌어냈다. 이날은 취재하면서 가장 힘들었던 날 중 하루였다. 잠복한 지 얼마 되지 않았던 지난해 여름, 중학생 정도로 보이는 여자아이가 숙박업소로 추정되는 방에 갇혀있었다. 이 방에 성인 남성 여럿이 줄줄이 들어가 아이를 강간했다. 영상은 실시간으로 공유됐다. 채팅방은 '이게 바로 구르밍이지'라는 환호로 떠들썩했다. 영상이 뜰 때마다 캡처해 경찰에 넘겼다. 하지만 어딘가에서 당하고 있을 아이에게는 이 모든 게 다 무슨 소용이란 말인가. 죄책감과 구역질은 사라지지 않았다. 아무런 도움도 주지 못했다는 무력감에 며칠간 넋이 나갔다.

n번방 잠입 취재 기자의 보도 中

SNS에 관련 기사를 발췌해 올리고, 청원 링크를 공유하고 외신에 메일을 보냈다. 당연한 이야기지만 어떤 것도 나아지지 않았다. 코로나 사태로 인해 목이 찢어져라 분노를 터트릴 수 있는 시위마저 취소되어, 집 안에 갇힌 채 핸드폰만 붙잡고 있는 내가 더없이 무력하게만 느껴졌다. SNS에 올린 글을 보고 친구들에게 연락이 왔다. 모두가 같은 마음이었다.

뜨거운 두부를 목구멍으로 삼킨 것 같은 답답함을 참지 못하고 숫뚜와 나는 늦은 저녁, 합정동의 작은 술집에서 갑작스러운 자리를 가졌다. 우리가 당장 할 수 있는 것에 대해 이야기했다. 분노를 담아 소주를 넘기던 우리는 원고 마감을 목전에 두고 급하게 꼭지를 추가하기로 결정했다.

그러니까 나는 앞의 글에서 이런 말을 했다. 속 터지게 느리지만 세상은 분명 변하고 있다. 이것이 나의 착각이었음을 인정한다. 세상은 변한 게 없다. 그저 숨기는 방법이 더 치밀해졌을 뿐이다. 드라마나 영화에서 어렵지 않게 볼 수 있는 장면이 있다. 이를테면 친구에게 데이트 신청을 한 남자의 신상을 키보드를 몇 번 두드려 알아내거나, 실종된 딸을 찾기 위해 고군분투하며 서치를 하는 아빠의 모습을 그리는 식으로 말이다. '정보화 시대'는 내게 그런 의미였다. 마음만 먹으면 무엇이든 알 수 있는 비밀이 없는 세상. 죄짓고 살면 안 되는 세상. 나는 그런 시대를 살고 있다고 믿었지만, 현실은 음란물 유포죄로 구속된 범죄자를 '김본좌'라고 이름 붙여 우상시했던 과거에서 조금도 나아진 게 없었다. 아니, 더 추악해졌다.

n번방, 박사방 사건이 내게 준 충격의 가짓수는 이루 말할 수 없지만, 그중 나를 유독 절망하게 만든 것은 이토록 극악무도한 일을 서로 침묵하고, 미성년인 피해자들의 사진으로 이모티콘을 만들기까지 하며 즐긴 인간(이라고 부를 수 있다면)의 수가 '최소' 26만이라는 사실이었다. 이렇게 글로 담으면서도 분노로 손이 떨리게 만드는, 공감 능력이란 걸 찾아볼 수 없는 찌질한 사회 부적응자의 수가 '최소' 26만이다. 나는 작년 겨울 광화문 광장에서 들었던 11만 명의 목소리가 아직도 귓가에 메아리처럼 울리는데. 여자들이 살고자 연대하는 동안, 사람처럼 살게 해달라 피 터지게 외치는 동안, 뒤에서 '최소' 26만

의 남자들은 로리방, 중고딩방 따위를 만들어 여자들을 착취하고 있었다는 사실이 나를 무너지게 했다. 누군가는 불법 촬영을 멈춰달라는 당연한 권리를 외치면서도 두려움에 마스크로 얼굴을 가렸고, 누군가는 여성의 성 착취 영상을 공유하는 방에 들어가기 위해 신분을 인증하고 돈을 지불했다. 이토록 숨막히는 차이가 날카로운 못이 되어 내 발아래에 깔린 듯했다.

26만이라는 숫자의 중요성에 대해 말해보려 한다. 지금 우리 집 거실의 창문 밖에도 보이고, 지하철역마다 줄줄이 서서 우리를 기다리고, 낮이고 밤이고 너무도 쉽게 우리 눈에 들어오는 것. 바로 우리나라 택시의 수가 26만 대다. 그러니까 우리가 길거리에서 택시를 본 횟수만큼 우리 주변에 n번방, 박사방 가해자가 있다는 얘기다. 믿기 힘든 이 숫자를 내가 가늠할 수 있었던 건, n번방 사건이 이슈가 되자마자 10대와 20대 연령별 실시간 검색어 순위에 '텔레그램 탈퇴'가 1위로 오른 것을 보았을 때다. 이런데도 여자들이 느낄 분노와 공포심보다는 본인이 일반화되는 것에만 열을 올리는 남자들의 공감 능력이 의심스럽다. 물론 나도 내 주변에 n번방의 가해자가 없길 진심으로 바란다. 그러나 이것은 "모든 남자가 그런 건 아니야!"라는 말뿐인 선 긋기가 아니라, 본보기로써 응당한 가해자 처벌을 위한 노력과 미래의 수치로 증명된다고 생각한다.

조주빈이 잡혀 포토라인에 서는 것을 보았으니 숨어있는 가해자들은 잘못을 반성하고 범죄를 그만둘 것인가. 답은 분명하다. 나는 그들이 앞으로 더 교묘하게 숨을 거라 장담할 수 있다. n번방을 최초보도한 잠입취재단 '불꽃'에 따르면 지금 이 순간에도 텔레그램에선 가해자들끼리 서로 독려하며 성 착취물 영상을 공유하고 있다고 한다. 'FBI에서도 포기한 걸 우리나라에서 어떻게 하냐? 절대 안 뚫린다, 쫄지마, 애들아' 같은 식으로 말이다. '많아야 5년 이상은 안 받겠지', '집유로 끝난다'라는 말로 서로의 범죄를 안심시키는 가해자들의 모습을 보고 있으면 분노를 멈추지 말아야 한다는 사명감을 느낀다.

예멘에서 소아성애자들을 총살하고 공중에 매달아 놓았다는 기사를 봤다. 미국에서 미성년자 성범죄자는 교도소에 가서도 재소자들에게 공격을 받거나 살해를 당한다고 한다. 성범죄에 대한 엄중한 처벌과 무거운 사회적 인식이 있었다면 비웃음당해야 할 가해자들이 오히려 눈앞에서 잡힌 동료를 보고도 자기들끼리 낄낄거리며 법과 사회를 조롱하는 일은 없었을 거다.

그래서 우리는 이 사건을 끝까지 붙들어야 한다. 26만의 가해자 모두가 처벌받는 그 날까지 주목해야 한다. 이번 사건은 우리가 미래의 우리를 지킬 수 있는지가 결정되는 중요한 분기점이 될 것이다. 나는 '여자에겐 나라는 없다'는 말을 더는 하고 싶지 않다.

: 숫뚜

　만약 당신이 길거리를 걸을 때마다 빨간 후드티를 입은 사람에게 무차별 폭행을 당했다고 가정해보자. 당신이라면 어디선가 빨간 후드티를 입은 사람을 마주했을 때 어떤 반응을 보일 것인가. 사람이라면 당연히 몸을 움찔하게 될 것이다. 혹은 분노에 가득 차 먼저 그에게 달려들 수도 있다. 모든 생명은 살아남기 위해 몸으로 학습을 한다. 어떤 조건에 이르렀을 때 전기 충격을 받는다는 것을 몸으로 학습한 실험용 쥐들은 전기 충격이 사라진 이후에도 그 조건을 회피한다. 하루에 수십 번씩 곡괭이로 머리를 가격당하는 서커스의 코끼리들은 쇠사슬이 없어도 도망치지 못한다. 반복되는 위협으로부터 벗어나는 방법을 학습하지 못한다면 모든 생명은 도태되기 때문이다.

　그런데 세상은 여자에게만 그 당연한 본능을 거세하라고 말한다. '모든 남자가 그런 건 아니니까 일반화하지 마', '왜 남자를 잠재적 범죄자 취급하냐', '세상엔 좋은 남자도 많다', '너 하나가 겪은 일로 전체를 매도하지 말아라'…. 여자들은 매일 남자로부터 무시와 차별을 당하는데, 모든 남자를 경계하면 꼴페미라고 욕을 먹는다. 굳이 거창하게 '생명의 위협', '본능' 같은 단어를 운운할 필요 없이, 우리 사회에 일반화는 너무도 만연하게 펼쳐져 있다. 태국 사원에 한국어 낙서가 가득해 한국인의 출입을 임시로 금하거나, 국내에서 만 명도 정도의 코로나 확진자가 있다고 거의 대부분의 사람들이 마스크를 쓰고 다니는 것들이 그러하다. 우리는 그 누구도 여기에 대고 '다른 나라 사람들도 다 낙서하는데 왜 한국인만 차별하냐, 모든 한국인이 그런 건 아니다' 라거나, '고작 1/5000의 확률인데 왜 마스크 쓰라는 거냐, 나를 잠재적 바이러스 취급하는 거냐'라고 말하지 않는다. 그런데 n번방은 시청자, 다시 말해 가해자의 합산 수가 무려 26만이란다. 이쯤이면 일반화를 하기에 너무나 충분한 수가 아닌가.

예전에 과후배의 사진을 찍으려고 멀리 간 적이 있다. 나, 과후배, 촬영을 도와줄 친구. 셋 모두 여자였다. 너무 더운 날씨에 우리는 쉽게 녹초가 되었고, 해가 기울 때까지 잠시 그늘에서 이야기를 나눴다. 그날은 내가 어떤 남자로부터 야밤에 전화를 받은 지 며칠 안 되는 날이었다.

좁은 원룸에 혼자 누워있는 새벽 시간. 발신 번호 제한으로 전화가 왔다. 받지 않았더니 몇 번이고 더 걸려오길래 아는 사람인가 싶어 받았다. 50대 남자 목소리였다. 자기 신분은 밝히지 않고 대뜸 나한테 뭐 하고 있냐는 둥, 잘 지내냐는 둥 변태 같은 소리를 늘어놓길래 버럭 화를 냈다. 누구냐고. 내 번호 어떻게 알았냐고. 신고하겠다고. 내가 화를 낼 줄 몰랐던 모양인지, 그 남자는 잔뜩 당황하며 말했다.

"아... 블로그 잘 보고 있습니다. 사업자 등록증 조회해서 번호 알게 됐어요."

기가 찬 대답이었다. 그리고 그 남자는 '기분 상했다면 죄송

합니다. 그럴 의도는 아니었어요'라는 말을 끝으로 전화를 끊었다. 일방적으로 여자에게 들이대는 남자들의 단골 멘트. 그렇다면 도대체 남자들이 생각하는 '기분 상함'의 기준은 무엇인가? 아무튼 덕분에 나는 몇 년이 지난 지금까지 사업을 하면서도 내 번호로 사업자 등록을 하지 못한다. 내가 이 또라이의 일화를 공유하자 후배와 친구 모두 격한 공감을 하며 비슷한 경험을 입 밖으로 꺼냈다.

친구는 지난달 술집에서 술을 마시다가 상가에 있는 화장실을 갔는데 용변을 보는 중 머리 위로 그림자가 져 고개를 들어보니 20대 남자가 휴대폰으로 자신을 촬영하고 있었다고 했다. 바로 경찰에 신고했지만, 이런 건 어차피 잡아봤자 별 처벌도 힘들다는 말을 들었다고 했다. 나와 후배는 그 말을 들으며 제 일처럼 화를 냈다.

후배는 최근 자다가 느낌이 이상해 눈을 떠보니 집주인 아저씨가 문을 따고 들어와 침대 머리맡에서 자기를 빤히 내려다보고 있었다고 했다. 소리를 지르자 아무렇지 않게 나갔으며, 나중에 부모님을 대동하고 따졌으나 집주인으로서 세입자가 잘 있는지 확인한 것이라는 개소리를 남겼다고 한다. 나와 친구는 그 말을 들으며 제 일처럼 화를 냈다.

그러고 보니 나도 저것과 비슷한 경험이 있다. 밤에 버스에서 내려 집으로 들어가는데, 누군가 정류장에서부터 나를 따라오는 느낌이 들었다. 같은 건물에 사는 사람인가? 하고 엘리베이터를 탔다. 그 남자도 나를 따라 탔다. 그는 문이 닫힐 때까지 층수를 누르지 않았다. 나는 애써 같은 층에 사는 사람이겠거니 생각했다. 엘리베이터에서 내려 내 집이 있는 방향으로 걸었다. 그 남자도 나를 따라왔다. 그리고 집 앞에 다다른 순간 그 남자가 내 어깨를 탁, 붙잡았다.

"예약되나요?"

나는 순간 이게 무슨 말인가 싶어 잠시 멍하게 있었다.

"무슨 예약이요?"

"아... 네일아트 하시는 분 아닌가요?"

"아닌데요."

"네 죄송합니다."

그리고 그는 황급히 자리를 떴다. 나는 내 손을 내려다보았다. 바짝 깎은 맨 손톱 열 개가 눈에 들어왔다. 다음날이 되어서야 그가 의미한 '예약'이라는 게 무엇인지 깨달았다. 그는 번화가 오피스텔에 들어가는 나를 보고 일명 '오피'에서 일하는 여자라고 생각한 모양이다. 세상에, 남자들에게 얼마나 오피스텔 성매매가 흔한 것이면, 처음 보는 여자를 따라와 그렇게 당당하게 물을 수 있을까. 후배와 친구는 이 말을 들으며 제일처럼 화를 냈다.

우리는 성범죄의 경험을 공유하려고 모인 게 아니었다. 그냥 날이 좋아서, 사진을 찍기 위해 만났을 뿐이다. 그런데도 이런 일화가 쏟아졌다. 그러니 여자들은 살아남기 위해 기억해야만 한다. 남자들은 나에게 생명의 위협을 하고, 나를 동등한 인격체로 대하지 않으며, 가부장제를 공고히 하길 바라는 이기적인 기득권이라는 것을. 다시 말해 세상에 '좋은 남자'가 얼마나 많은지, 여자가 남자와 동일한 인간이라는 당연한 사실을 알고 있는 '정상적인 남자'가 얼마나 많은지는 전혀 중요치 않다. 그렇지 않은 남자가 있다는 걸 인정한 대가로 여성들의 삶은 보다시피, 이렇다.

미성년자 아이들을 성 고문하여 찍은 영상을 26만의 숫자가 낄낄거리며 돌려본 이번 n번방 사건에서 가장 화가 나는 것은 우리나라 언론이 가해자를 대하는 태도다. 한국의 중범죄자들에게는 대게 '극악무도한', '희대의 사이코패스', '잔인한 악마' 같은 수식어가 붙는다. 하지만 다시 생각해보자. 세상 어느 악마가, 세상 어느 사이코패스가 선택적으로 자신보다 약한 희생자만 골라 범죄를 저지르는지. 그 남자들은 못 말리는 사이코패스도 아니고, 대단한 악마는 더더욱 아니다. 그저 사회로부터, 여성으로부터 인정받지 못한 지질한 사회 부적응자가 자신보다 약한 여성, 동물, 아이들에게 본인의 열등감을 푼 것뿐이다. 우리는 약자를 대상으로 한 범죄자들을 우습게 봐야 한다. 그놈들이 별것 아닌 것처럼 대해야 하고, 있는 힘껏 비웃어야 한다. 그래야만 성범죄자들은 쥐구멍으로 숨어들 것이고, 우리 여자들은 조주빈 같은 쓰레기 인생이 자신을 '악마'라고 칭하며 으스대는 꼴을 보지 않을 수 있게 될 것이다.

남자들의 오류

: 숫뚜

　한창 사진에 미쳐있을 때가 있었다. 사진을 찍기도 하고 찍히기도 하며 한 달에 필름 값으로만 십수만 원을 지출하던 때. 그즈음부터 몇 번의 사진 작업을 함께하며 친해진 남자 사진가가 있었다. 내가 스물둘 셋쯤이고, 그는 삼십 대 후반이었으니 '아저씨'라는 호칭이 적당했지만, 그는 자꾸만 본인을 '오빠'라고 칭했다. 그때 난 너무 어렸고, 순진했기에 그냥 따라서 오빠라고 불렀다.

　어느 날은 우리 집 근처에서 막 촬영을 마쳤다는 그를 만나

가볍게 술을 마셨다. 앞서 무슨 얘기를 하다가 주제가 거기까지 흐른 건지 기억은 나지 않지만, 정신을 차리고 보니 우리는 여성 차별에 대해 서로 다른 의미로 열변을 토하고 있었다. 내가 그간 남자로부터 겪은 숱한 피해들을 열거하고, 사회에 얼마나 많은 여성 차별과 여성 혐오가 만연한지 설명하고, 그래서 모든 사람이 페미니스트가 되어야 한다는 취지의 말을 마치자 그는 이렇게 말했다.

"너무 일반화 아냐? 다 네가 남자한테 사랑받지 못해서 그래."

그가 한 말에는 두 가지 오류가 있다. 첫째. 남자에게 사랑받는 것은 여자에게 좋은 것인가? 둘째, 애초에 남자는 여자를 사랑할 수 있는가?

친구에게, 부모에게, 여성에게 받는 사랑은 어디론가 사라져버리고 왜 남자가 주는 사랑만 대단히 강조되는 것인지, 여자가 다른 모두에게 사랑을 받더라도 남자에게 사랑받지 못한다면 히스테릭한 페미니스트로 변한다는 그(남자)들의 무모한 자신감은 어디에서 오는 것인지 나는 너무 궁금하다.

하지만 먼저 '남자는 여자를 사랑할 수 있는가?'에 대한 답을 듣고 싶다. 너무나 쉽게 남발되는 '사랑해' 속의 사랑이 아니라 보다 본질적인 사랑.

연인들의 이야기를 들어보면 여자가 이야기하는 '사랑'과 남자가 이야기하는 '사랑'이 현저히 다르다는 것쯤은 누구나 알 수 있다. 사람 대 사람으로 누군가를 정말 '사랑'한다면 그 사람이 행복하길 바라고, 다치지 않길 바라고, 언제나 건강하길 바라야 할 텐데 어떻게 섹스만 하고 헤어지는 데이트를 요구할 수 있는지(그것조차 철저하게 남성 위주의 섹스라는 건 이미 모든 여자들이 알고 있을 거다), 어떻게 같은 분야에서 같은 일을 하는 남자들과 비교해 적은 임금을 받는 여자친구 혹은 아내의 문제를 방관할 수 있는지, 어떻게 아내의 경력과 건강과 생명을 갈아 넣는 임신을 요구할 수 있는지. 심지어 거기다가 성은 본인 걸 붙인다니 말이다.

만약 남자가 임신하는 세상이었다면 나는 내가 사랑하는 남자친구에게 절대 아이를 갖자는 이야기는 꺼내지 않을 것이다. 애초에 임신하는 건 내가 아니기 때문에 그 문제에 대해 '감히' 내가 왈가왈부할 수도 없다고 생각할뿐더러, 설령 남자친구가 임신을 하고 싶다고 하더라도 입덧, 급격한 체중 변화, 탈모, 우울증을 거의 필수적으로 동반하며 아파서 열이 펄펄 끓어도 약을 함부로 먹지 못하고, 배가 불러오면 잠조차 편히 잘 수 없으며, 그가 열심히 일궈온 커리어는 끊기고, 매일 손발이 퉁퉁 붓고, 출산 중 잘못하면 사망에까지 이를 수 있는 그 위험천만한 임신을 내가 사랑하는 남자 혼자만 부담하도록 하고 싶지 않다. 이 모든 확률이 단 1%에 그친다고 하더라도 나는 내가 사랑하는 사람을 대상으로 그런 도박을 하고 싶지 않지만 놀랍게도 실제 임신은 위에 열거한 것보다 더 위험하고 더 아프다.

그러니 결혼을 앞두고 있거나 막 결혼을 한 남자 연예인이 TV에 나와 "아이는 셋 정도 갖고 싶어요."라고 천진한 웃음을 보여줄 때, 나는 속으로 질문을 던진다. 당신은 정말 그 여자를 사랑하는가.

나는 그에게 "내가 너의 말처럼 '너무'한 일반화를 했다면 이렇게 너와 마주 앉아 술조차 먹지 않았을 거다. 너를 여전히 지인으로 두고 귀한 시간을 내어 만나는 게 나에겐 남자들을 일반화하지 않으려고 대단히 노력하는 거다."라고 답하고 즉시 그 술자리를 끝냈지만, 여전히 가슴이 답답했다. 하기야 〈이갈리아의 딸들〉, 〈자기만의 방〉, 〈나는 소망한다 내게 금지된 것을〉 처럼 진작에 팔리고 있던 책에는 아무 말도 안(못) 하면서 최근 등장한 가장 순화된 버전의 〈82년생 김지영〉만 죽어라 욕하는 수많은 남자들에게 내가 무엇을 바랄 수 있을까.

#불편한 용기

술 다섯 잔의
동화

나는 매일 아침 눈을 떠서 캄캄한 밤이 되기까지
오늘이라는 이름 아래 너에게 내가 할 수 있는 최선을 다할 것이고,
가끔은 그게 서툴거나 틀리더라도
다시 아침이 밝으면 늦지 않게 사과하고 반성할 뿐이다.

꿈

: 희조

나는 얼마 전, 책방 주인이라는 오랜 꿈을 이루었다. 책방
을 준비하며 현실적인 어려움에 부딪힐 때마다 나를 힘 나게
한 것은 이곳에 오는 사람들이 책을 읽는 자신의 모습과 사랑
에 빠졌으면 좋겠다는 한 가지 소망이었다.

서울보다 유동인구는 적지만 그만큼 조용한 곳에 터를 잡
았다. 큰 문을 열면 작은 강 위로 반짝이는 윤슬을 구경할 수
있어서 책방 앞엔 쉬어갈 수 있는 작은 의자를 몇 개 두었다.
작은 서점이 없는 곳은 그만한 이유가 있다지만, 서울 생활에

지친 나는 내가 여유를 느낄 수 있는 곳에서 사람들도 쉴 수 있을 거라 믿으며 망설임 없이 이곳을 선택했다.

예상은 했지만 역시 서점의 일은 고되다. 한가롭게 앉아 재즈를 들으며 책 읽을 시간을 내는 게 쉽지 않다. 그래도 일하는 틈틈이 책 대신 사람들을 구경하는 걸로 아쉬운 마음을 달랜다. 벽에 비스듬히 기대서서 조심스레 책장을 넘기는 사람, 누군가를 위한 선물을 위해 고심해서 책을 고르는 사람, 이따금 내게 말을 걸며 책을 추천받길 원하는 사람들이 자리를 채웠다가 한 손에 책을 들고 서점을 나선다. 책을 사랑하는 사람들이 들렀다 가는 이 공간이 내 일터이자 꿈의 장소다. 이쯤에서 진실을 말하자면, 사실 이것은 모두 내 꿈이다.

나는 태생적으로 눈치를 많이 보는 편이다. 누군가에게 피해를 입히는 걸 극도로 싫어해서 그렇다. 초보 운전 시절에도 남들 다 힘들다는 주차보다 1차선 도로에서 내 뒤를 바짝 붙어 따라오는 차들에 식은땀을 줄줄 흘렸다. 어느 날은 친구의 선물을 사기 위해 들른 서점에서 책을 골라 계산하며 포장을 부탁했다. 직원이 이제 막 책 크기에 맞춰 포장지를 자르고 있는데, 갑자기 내 뒤로 하나둘씩 줄이 길어지더니 어느새 작은 서점의 입구까지 대기 줄이 늘어났다. 아니나 다를까 마음이 조급해지고 나는 자꾸만 뒤를 돌아 사람들의 눈치를 살폈다. 내 마음을 알 길이 없는 직원은 곱게 종이를 접어 리본을 묶었다가, 마음에 안 들면 풀어서 다시 묶다가, 옆의 화분에서 예쁜 잎을 조금 꺾어 꽂았다가 하는데 그 일련의 동작들이 내겐 슬로모션처럼 보일 정도였다. 직원은 뭔가 믿는 구석이라도 있는 것처럼 길어지는 줄을 개의치 않고 움직이는 속도를 유지했다. 그제야 각자 손에 든 책을 읽으며 기다리는 사람들이 눈에 들어왔다. 뭔가를 기다리지 않고 그저 자기 일을 하는 것처럼 보이는 사람들. 누구도 앞쪽을 힐끗대거나 재촉하는 눈길을 보내지 않고, 이미 그럴 줄 예상하는 듯 정성 들여 선물을 포장하는 직원. 책방 안을 맴도는 나만 몰랐던 고즈넉함이 순식간에 손에 쥔 긴장감을 깨뜨렸다. 여유로운 사람들이 이곳에 오는 걸까, 이곳에 오면 사람들이 여유로워지는 걸까. 어느 쪽이라도 상관없이 나는 이런 공간을 만들고 싶다고 막연히 생각했다.

막연하다는 말은 얼마나 무책임한가. 나는 항상 '막연히 생각하고 있다'라는 말로 지금의 게으름을 변명하곤 했다. 내 막연한 것 중 가장 오래된 것은 바로 책방이다. 책이 쌓인 공간이 마냥 좋아 서점을 떠돌아다닐 때부터 나는 내가 문을 연 책방에 온종일 앉아 있는 꿈을 꾸었다.

20대 후반이 되어서야 제대로 맞은 직업적 고민에 시달려 반백수 신분에 스트레스로 장염까지 오고, 모아놓은 돈마저 떨어져 손톱이 남아나지 않을 무렵 SNS에서 우연히 발견한 작은 책방의 스터디 모집 공고가 눈에 들어왔다. 미래의 책방 주인 스터디. 참으로 오랜만에 심장의 떨림을 느꼈다. 당시 내 카드엔 20만 원도 채 없었지만 나는 곧바로 10만 원짜리 스터디를 예약했다.

이제 와 생각해 보면 합리화의 도구 정도로 취급했던 '막연함'이라는 단어가 없었다면 지금까지 내가 그것을 꿈으로 간직할 수 있었을까 싶다. 막연히 꿈꿔 왔기에 두려워하지 않았고, 막연히나마 꿈꿔 왔기에 작은 기회라도 붙잡았다.

서점 주인이라는 내 꿈이 언제 이루어질지는 아직도 미지수지만, 나는 꿈꾸는 것을 멈추지 않을 것이다. 어느 날 갑자기 내 상황이 달라진다 해도 머릿속으로 수없이 재생한 모의실험이 분명 도움이 될 것이다. 급작스러운 변화에 체하지 않고 유연하게 대처할 수 있을 것이다. 비록 상상이 지금의 현실을 조금 더 초라하게 만들어도, 지금 꾸는 꿈보다 미래에 더 예쁜 꿈을 꿀 수 있다고 생각하면 그 또한 기대되는 일이다. 꿈의 서점에 대해선 아직 할 얘기가 많지만, 훗날 꿈이 이루어졌을 때를 대비해 글을 아껴두기로 한다.

: 숏뚜

사람들은 나에게 자주 이런 질문을 한다.

"숏뚜님은 앞으로 인생 계획이 어떻게 되세요? 유튜버 다음엔 어떤 걸 하실 생각이신가요?"

내가 미래 계획을 착실하게 세워놓고 살 사람처럼 보이나 보다. 하지만 이런 질문들은 정말 답하기가 난감하다. 왜냐하면 나는 미래 계획이라곤 하나도 없는 사람이니까. 나는 별로 오래 살고 싶은 생각이 없다. 한 서른 살 정도가 적당하지 않을까. 서른이라는 나이가 중요한 건 아니고, 앞으로 3년 내외. 그렇게 정한 기준은 베베인데, 나의 가족이자 연인이고 때로는 내 자신이기도 한 베베가 세상을 떠난다면 나도 더는 힘겹게 이 세상을 살아내야 할 이유가 없다고 생각하기 때문이다. 올해로 베베는 벌써 11살이니, 이런 생각이 들 수밖에. 게다가 여태 계획을 세워 그대로 된 일이 별로 없다. 나는 늘 충동적이었고, 내일보단 오늘에 집중하며 살았다.

돈이 없어서 나의 무엇을 팔 수 있을까 고민하다 보니 포토샵 과외를 하며 생계유지를 하게 되었고, 내 일상을 사진 대신 영상으로 기록해 볼까 하고 시작했던 취미는 직업이 되었다. 내 경우엔, 일단 뭐든 시작을 하면 다음 단계로 가는 문이 자연스레 열렸던 것 같다. 그래서 나는 유튜버로서 수명이 다하면 무엇을 할지 크게 고민하지 않는다. 내가 할 수 있는 일을 꾸준히 하다 보면 또 다른 방향의 문이 열릴 거라고 믿기 때문이다.

무엇보다 그런 과정에서 얻게 되는 값진 열매는 믿음이다. 나 스스로 내 앞가림을 하며 살 수 있고, 내가 선택한 길로 나아가며 차곡차곡 나에 대한 믿음이 생긴다. 내가 뭘 하든 다 잘될 것 같은. 내가 어떤 미래를 꿈꾸건 혹은 꿈꾸지 않건 내가 불안하지 않으면 괜찮다.

그래서 나는 멋쩍게 웃으며 대답한다.

"꼭 꿈이 있어야 하나요."

여기까지가 나의 초고이고, 이제부터는 앞선 언니의 글을 읽고 나도 언니의 꿈에 관한 문장을 조금 덧붙여볼까 한다.

나는 언니의 꿈이 책방 주인이라는 걸 알게 된 지 얼마 되지 않았는데, 내가 보기에 언니는 손이 닿는 범위 안에서 착실히 잘 준비해나가고 있는 것 같다. 언니가 짧은 스터디를 하기 전까지 막연함이나 무책임함에 대해 생각했을진 몰라도 내 눈엔 어느 날 갑자기 "책방 스터디를 하기로 했어!"라고 외치던 언니만 보였다. 나는 언니가 만들어 낼 서점이 정말 기대되는데, 일단 나와 취향이 비슷한 사람이니 인테리어도 내 마음에 들 것이고, 언니에겐 한 권의 책에서 가장 흥미롭고 인상 깊은 문장만 쏙쏙 뽑아내는 능력이 있으니 큐레이팅도 기가 막힐 거라고 예상한다.

무엇보다 언니가 최근에 추천해준 김사과 작가의 소설 〈풀이 눕는다〉는 나의 인생 책이 되었다. 아직도 밤에 침대에 누워 그 소설의 주인공들과 문장을 떠올리곤 하는데 그럴 때마다 나에게 이 소설을 만날 수 있게 해준 언니에게 얼마나 고맙던지. 나는 원래 음악을 들을 땐 가수를, 영화를 볼 땐 감독을, 책을 읽을 땐 작가를 무시하는 타입이다. 이미 잘 알려진 사람의 작업이라면 그 사람의 이름만으로 색안경이 씌워질 것이고 나는 그게 싫다. 어떤 사람이 만든 작품이건 그 결과물만으로 평가하고 싶다. 그런데 방금 말했던 김사과 작가의 책이 어찌나 내 마음에 들었던지 나는 당장 다음날 서점에 가서 책을 펼쳐보지도 않고 김사과 작가의 다른 책을 샀다. 결국 그 책은 나와 너무나 맞지 않아서 다시금 내 철학 아닌 철학을 고집해야겠다고 결심했지만…. 어쨌든 결론은 나는 히조 언니의 책방 주인 꿈을 열렬히 응원한다는 것이고 언니는 곧 그 꿈을 이룰 수 있을 거라는 것.

도마 위에 올라간 사람들

: 히조

아침 일찍 일어나 손질해서 얼려둔 케일과 바나나를 꺼내 곱게 갈아 주스를 만들어 마셨다. 온 방의 창문을 열어 환기를 시키고 먼지를 털고 화장실 구석구석까지 솔로 문질러 윤을 냈다. 행주를 푹푹 삶으며 지난 일주일의 시간을 떠올린다. 어제는 처음으로 혼자 차를 몰고 강릉에 다녀왔다. 강릉까지 가서 바다는 스쳐보기만 하고 가고 싶었던 서점을 세 군데나 돌았다. 어떤 곳은 기대했던 분위기와는 거리가 있었지만 그곳에서 시간을 보내는 사람들의 모습이 나를 설레게 했고, 아무 생각

없이 찾아간 곳은 내가 세 시간을 달려 강릉에 도착한 이유가 되었다. 초보 딱지도 안 뗀 주제에 왕복 7시간을 넘게 도로에서 보냈지만 외롭거나 무섭지 않았다. 오히려 이런 시간이 내게 절실했다고 느꼈다. 어떤 감정은 때가 되어야 실체를 드러낸다. 나는 오랫동안 다듬어 온 스스로를 지키는 방법을 잘 실천하고 있다. 오늘은 내가 자체 휴가를 낸 지 6일째 되는 날이다.

나는 한동안 유튜브에 미니멀 라이프와 관련된 영상을 올리지 않다가, 결국 몇 개월 뒤 업로드 휴식을 결심했다. 내가 많고 많은 콘텐츠 중 굳이 미니멀 라이프를 주제로 영상을 만든 건 단순한 이유였다. 내가 얻은 감정을 많은 사람들에게 공유하고 싶었다. 시작이 힘들다는 사람들에게 타인의 틀에 맞추지 말고 자신만의 자유로운 미니멀 라이프를 찾으라고 말했다. 그런데 언제부턴가 영상을 찍기 전 주변을 둘러보는 나를 발견했다. 내가 일회용품을 줄이기 위해 노력하는 것과 별개로 작은 비닐 한 장, 플라스틱 한 개 조차 영상에 노출되지 않도록 정리한 뒤 카메라를 켰다. 어떤 영상은 사소한 장면 하나 때문에 올리기도 전부터 겁이 났다. 업로드 전부터 달릴 댓글이 예상됐고, 오차 없이 곧 현실이 되었다.

전시된 내 일상의 조각은 쉽게 흑백처리가 된다. 나는 세제를 두 번 짜서, 작은 원룸에 살지 않아서, 채식주의자가 아니라서, 흐르는 물에 과일을 씻어서, 가구를 주문 제작해서, 아보카도를 먹어서 조롱을 당했다. 통통하다는 이유로 달렸던 '미니멀리스트는 다 날씬하던데, 처먹는 걸 보니 왜 살쪘는지 알겠네' 같은 댓글을 떨리는 손으로 삭제했던 밤도 있었다. 처음엔 많은 이들의 조언처럼 무시하려고 노력했지만, 꾹꾹 눌러 담은 마음이 먼지처럼 쌓여간다는 걸 모르지 않았다. 그것은 점차 자유로운 미니멀 라이프를 추구했던 내가 자연스러운 일상을 보여줄 수 없게 만들었다. 저열한 외모 평가를 차치하고 본다면 친환경 제품을 사용하고, 제로웨이스트를 실천하고, 환경에 해로운 음식을 먹지 않는 삶을 나 또한 원한다. 하지만 나는 노력하는 과정에 있는 사람일 뿐 완벽한 사람이 아니며 그렇게 될 수도 없다. 나는 그저 철벽같은 기준으로 사방을 옥죄는 세상에 발을 들여 점심 메뉴부터 손가락 굵기까지 나도 단위로 검열되는 10분짜리 영상 속의 내가 가여웠다.

"그러니까 이율배반적이야. 도마 위에 오를 때는 난도질당하려고 올라간 건데 막상 난도질당하면 막 아프다고 하잖아. 그게 싫으면 아예 도마 위에 올라가지 말아야지. 그러니까 내가 도마 위에 오를 때도 그렇지만 남이 도마 위에 올라갈 때도 책임감 있게 난도질을 해줘야 해."

모 배우가 인터뷰 중 상대 배우에게 남긴 말이다. 누군가는 이 인터뷰 내용으로 서툰 위로를 건넸지만, 글쎄. 나는 그저 가늠할 수 조차 없었던 악플을 남기는 사람들의 심리를 알게 됐을 뿐이다. 그러니까 애초에 공인은 '도마' 위에 올라간 생선이며, 그러니 자신들에게 키보드를 휘둘러 난자할 의무가 있다는 오만한 착각. 자신들이 뱉은 말이 칼이 될 수 있다는 걸 인지하는 이들의 잔인함. 그것이 "내가 당신에게 조롱당할 이유가 있나요?"라는 말에 "맨날 좋은 소리만 들을 줄 알았나? 어이가 없네."라고 되려 화를 내는 자신감의 근원이었다.

살해당한 학생에 대한 기사 아래엔 '70kg'이라는 몸무게에 초점을 맞춰 고인을 조롱하는 댓글이 가득했다. 그는 스스로 도마 위에 오른 것인가. 납치된 가족을 찾는 애절한 글엔 얼굴을 평가하며 '성폭행은 아니겠군'이라는 댓글이 달렸다. 그는 스스로 도마 위에 오른 것인가. 사람들은 돈만 있으면 행복할 거라 말했지만 나보다 어린 나이의 배우는 악플로 인해 우울증에 시달리고 결국엔 사회에서 자신을 지워버렸다. 그는 정말 스스로 도마 위에 오른 것이 맞나.

유튜버인 나에게 달리는 댓글은 특수한 상황이 아니다. 그저 쉴 새 없이 누군가를 깎아내리고, 작은 허점까지 기어코 찾아내 손가락질하고, 때로는 억측을 기정사실화 하는 사람들이 언제 어디서나 존재할 뿐이다. 그러니까 소수 사람들의 특정한 문제가 아니라는 말이다.

뒤에서 자신을 험담하는 이에게 '그럴 수 있지'라고 생각할 수 있는 사람이 얼마나 될까. 세상에 존재하는 수만 가지의 직업 중에 나의 일부를 전시하는 걸 선택했다고 시장에서 물건값 내리듯 나를 함부로 판단할 권리를 준 것이 아님을 왜 모를까.

: 숫뚜

일반적이지 않은 직업은 남들에게 이해받을 수 없는 많은 고충을 동반한다. '구독자 10만 유튜버 한 달 수입 800만원?!' 같은 제목을 달고 자극적인 영상을 올리는 몇 유튜버들이 단단히 한몫했다고 생각하긴 하지만 어쨌든 우리나라 사람들이 '유튜버'를 제대로 된 직업으로 인정하지 않는다는 건 이러나저러나 변함없는 사실이다.

내 스트레스의 8할 정도는 나의 이런 직업적인 부분에서 오는 것인데, 얼마 전 히조 언니와 이야기를 하다가 언니도 유튜브로부터, 엄밀히 말하자면 유튜브에 달린 댓글로부터 많은 상처를 받았다는 것을 알게 되었다. 사실 조금 놀랐다. 히조 언니는 워낙 온순한 사람이라 나와 다르게 의연할 줄 알았다. 우리는 그날부터 만날 때마다 생각 없이 댓글을 다는 사람들에 대한 이야기를 했다. 왜 그들은 그런 댓글이 마치 '시청자의 권리'쯤 되는 것으로 생각하는지. 왜 사람들은 남의 인생에 그리 관심이 많은지 말이다.

평소엔 쓴소리를 들을까 털어놓지 못했던 이야기들을, 내 책에서나마 마음껏 써보기로 한다.

얼마 전 유튜버들의 번아웃Burn out을 다룬 기사를 보았다. 매주 새로운 창작물을 요구받고, 쉴 새 없이 쳇바퀴를 돌아야 하는 유튜버들의 힘듦에 관한 지극히 평범한 기사였으나 그 아래 달린 댓글은 내 눈을 의심케 했다. '누가 유튜버 하라고 했나'부터 시작해 '세상에 안 힘든 일이 어딨어', '어쩌라고', '남의 돈 뜯어먹는 게 쉬운 줄 알았나?', '세금이나 내라' 같은 댓글이 줄줄이 이어졌다. 내가 기사를 잘못 읽었나 하고 다시 본문으로 올라갔다 내려올 정도였다. 아무리 봐도 사람들이 왜 이렇게까지 화가 나 있는지 이해할 수 없었다. 그들은 쉽게 돈을 버는 유튜버들이 징징거리는 꼴을 눈 뜨고 봐줄 수가 없었던 것 같다. 하지만 그들의 논리대로, 세상에 쉬운 일이 어디 있겠는가. 유튜버 역시 여느 직업 못지않은 스트레스가 있다.

유튜버를 나의 직업 중 하나로 인정하고 나서, 나는 기자나 웹툰 작가처럼 소위 '마감 있는 직업'이 왜 그렇게 수명이 짧은지 여실히 느꼈다. 나는 워낙 어렸을 때부터 알바를 했고, 학생 때부터 지금까지 무직으로 지내본 적이 없을 정도로 일과 관련이 많은 사람이다. 게다가 일이 많고 바쁜 걸 즐기는 워커홀릭이기도 하다. 하지만 유튜버는 그런 나조차도 감당하기 어려울 정도로 스트레스가 극심한 직업이었다.

나의 경우 토요일 저녁 일곱 시를 업로드로 정해놨는데, 토요일 저녁에 영상을 올리고 나면 일요일 낮까지 그나마 마음 편하게 쉰다. 일요일 저녁부터 월요일까진 새로 올라갈 영상의 주제를 정하고, 어떤 장면들을 촬영할지 정리해서 화요일, 수요일에 촬영을 한다. 목요일엔 아침부터 새벽까지 말 그대로 '온종일' 컴퓨터 앞에 앉아 영상 편집을 한다. 컴퓨터에서 나는 열이 나에게 닿는 건지, 내 얼굴에서 열이 오르는 건지 분간이

가지 않을 정도로. 아무리 늦어도 금요일 아침까지는 영상을 완성해야 토요일 업로드 전까지 빠듯하게 외국어 자막을 제작할 수 있다. 만약 영상이 기업의 의뢰를 받은 '브랜디드Branded' 영상이라면 저 일정보다 더 빠듯하게 움직여야 한다. 기획안도 제작해서 결재를 받아야 하고, 2차 수정과 피드백을 거쳐야 하기 때문이다.

회사원이라면 일을 마치고 퇴근하겠지만, 유튜버에겐 퇴근이 없다. 영상에 대한 가감 없는 피드백이 실시간으로 달린다. 딩동. 딩동. 사람인지라 호기심을 이길 수 없다. 수백 개의 댓글을 읽다 보면 즐거울 때도 많지만 이상하게도 100개의 선플보다 단 1개의 악플이 오래 기억에 남는다. 나뿐만 아니라 모든 유튜버가 그럴 것이다. 공들여 만든 우리들의 창작물은 수십, 수백만의 사람들에게 너무나 쉽게 평가를 받는다. 그리고 사람들의 입맛은 잔인할 정도로 다양하다. 앞으로도 쭉 잔잔한 영상을 만들어 달라는 사람이 있는가 하면, 영상이 너무 졸려서 중간에 꺼버렸다는 사람도 있다. 영상이 담백하면서 웃기기도 해야 하고, 맛있는 요리를 많이 보여 줘야 하지만 채식이 윤리적으로 옳기 때문에 육식은 안 된다. 수천만 원어치 명품을 언박싱하는 영상은 재밌지만, 미니멀리스트가 마트에 가서 장을 보면 과대포장을 소비하는 꼴이라며 비난받는다.

각종 프랭크 영상을 찍기 위해 테이프를 집안에 칭칭 붙여두고, 휴지를 잔뜩 풀고, 물대포를 쏘는 영상은 즐거운 웃음거리가 되지만, 양치할 때 양치 컵을 쓰지 않으면 물 낭비란다. 시청자들의 반응을 일일이 신경 쓰면 왜 사서 스트레스를 받냐, 너무 예민한 것 같다는 소리를 듣고 반대로 아예 체념하고 한 귀로 흘려버리면 왜 시청자들의 의견을 반영하지 않냐는 소리를 듣는다. 비단 댓글뿐 아니다. 영상의 조회 수도 신경을 써야 하고, 정신없이 바뀌는 트렌드도 파악하고 있어야 살아남는다.

앞선 모든 것을 차치하고, 제일 힘든 부분 하나를 꼽으라면 사람들이 유튜버를 별것도 아닌데 돈을 많이 버는 직업이라고 생각한다는 사실이다. 실제로 나는 자동차를 구입했다는 영상을 올리고 '유튜브 아니었으면 마티즈나 타고 다닐 인생인데 유튜브가 사람 하나 살렸네'라는 댓글을 포함해 의도적인 비꼼이 잔뜩 들어간 댓글 뭉텅이를 받았다. 그러니 직장인들이 서로 모여 상사 욕을 하듯, 누군가에게 속 편히 털어놓을 수가 없다. 만약 그랬다간 팔자 좋은 소리 하고 있다는 비아냥이 돌아올 테니까. 내가 먼저 신세 한탄을 하지 않더라도, 채널이 조금 커졌다면 먼저 사람들의 입에 오르내리기도 쉽다. 내가 즐겨하는 인터넷 커뮤니티에서 언제든지 '요즘 유튜버 누구 감 떨어진 것 같지 않아?', '유튜버 누구 갈수록 별로….' 같은 글을 마주 할 수 있다는 뜻이다. '누구'라는 단어에 내가 들어갈 수도 있는 건 당연한 일이고. 그리고 그런 일방적인 평가에 조금이라도 불편한 기색을 보이면 그 정도는 감수해야 되는 거 아니냐는 반응이 돌아온다. 유튜버에 국한해 썼지만, 더 잘 알려진 각종 분야의 유명인들에게도 마찬가지다. 아래 내가 북마크 해둔 문장으로 마음을 대변해본다.

오늘날의 매체 환경 속에서 실명이 노출된 유명인과 익명의 보호를 받는 네티즌 중에서 누가 더 강자인가. 유명인이라면 감수해야 할 고통이라는 것이 있다는 말은 가학을 합리화하는 궤변이다.

신형철 〈슬픔을 공부하는 슬픔〉, 해도 되는 조롱은 없다. 中

누가 뭘 하든. 모두가 남의 행보에 신경 끄고 산다면 얼마나 좋을까. 당사자가 나서기 전까지 왈가왈부하지 않고. 내가 보는 게 전부가 아니라는 거, 정말 쉬운 말인데 말이지.

충동의 충동의 충동의 끝

: 숫뚜

　한국의 집값은 평균 소득과 비교해 너무 비싸고 전/월세 계약 기간은 너무나 짧으니 집이 없는 한국 사람들은 필연적으로 이사를 자주 할 수밖에 없다. 지방은 집이 남아돈다는 반박에 항변하자면 우리 모두 알고 있듯이 대한민국은 서울 공화국이 아닌가. 나도 5년간 자취를 하며 집을 두 번 옮겼다. 집이 없는 것도 서러운데 월세 생활은 더 서럽다. 한 달에 월세 50만 원. 관리비 10만 원. 먹고 사는 문제 중에 반을 해결하는데도 매월 꼬박 60만 원이 드는 것이다. 거기에 마트에서 한 번 장을 보면 생활 물가는 언제 이렇게 치솟았는지 10만 원이 훌쩍 넘는 금액이 영수증에 찍히곤 한다.

내 마지막 버킷 리스트가 '20대에 내 집 장만하기'였으므로 스물아홉쯤에는 대출을 잔뜩 받아서라도 집을 사려고 적금을 들었다. 목표 금액은 1억 5천만 원. 그런데 스물일곱의 나에게 송도라는 선택지가 나타났다.

나는 집에서 영상 편집을, 히조 언니는 연남동에서 독서 스터디를 하고 있던 어느 일요일. 카톡을 하다가 문득 서로가 보고 싶었고(어쩌면 술이 간절하게 먹고 싶었거나), 즉흥적으로 저녁에 일산에서 만나기로 했다. 분명 며칠 전에 봤는데도 왜 이렇게 보고 싶은지. 이즈음 우리는 서로에게 진득하게 중독되어 있었다. 여섯 시쯤 언니가 일산으로 왔고 우리는 평소 자주 가던 고깃집에서 삼겹살에 소주를 마셨다. 주당들은 고기에 밥을 먹으면서도 소주 세 병을 마셨다. 사실 그조차도 베베가 집에서 기다리고 있으니 너무 오래 여기서 머물지 말자고 절제한 수준. 고깃집을 나서면서 이런저런 얘기를 하다가 언니 친구들이 최근 호텔에서 잠옷 파티를 했다는 이야기가 나왔다. 맥락도 없는, 정말 지나가듯 뱉은 가벼운 말이었지만 술김에 기분이 잔뜩 좋아진 나는 호텔이라는 단어가 머리에 박혔다. 호텔! 호캉스!

집으로 가는 길 내내 휴대폰을 붙잡고 애견 동반이 가능한 호텔을 검색했다. 어디는 너무 멀고, 어디는 애견 동반 객실이다 나갔고, 어디는 광견병 예방 주사 접종 확인서를 가져오라고 했다. 몇 되지도 않는 후보에서 그런 호텔들을 지워나가다 보니 선택지는 단 하나. 송도에 있는 오크우드. 그래서 택시를 불렀다. 송도 오크우드로 가주세요.

나는 송도에 가본 적도 없고, 송도가 어디에 있는지 어떻게 생겼는지도 몰랐다. 그냥 인천에 있다는 것만 알았다. 인천 공항도 차로 한 시간이 안 걸리니 아무리 멀어봤자 그 정도 거리겠거니 생각했던 것이다. 근데 웬걸. 그 야밤에 한 시간을 꼬박 달려 택시비가 44,000원이 나왔다. 그때야 알았다. 송도는 서쪽 끝이며 일산에서 정말 멀다는 것을. 충동적으로 송도에 가고, 충동적으로 60만 원가량의 숙박비를 긁고, 55층 객실에서 내려다보는 송도가 너무 아름다워 충동적으로 송도에 있는 집을 봤다. 모든 게 다분히도 충동적인 며칠이었다. 그리고 며칠 뒤 나는 전세 계약을 했다. 적금을 다 깨고 여태 모아둔 돈을 끌어모으면 8천만 원까지는 만들 수 있었고 모자란 돈은 은행에서 대출을 받았다. 대출 신청서에 서명하고, 집주인 계좌로 3천만 원의 계약금을 보내고 나니 기분이 이상했다. 마냥 좋을 줄 알았는데 꼭 그런 것도 아니었다. 진짜 어른이 된 것 같아 으쓱하기도 하고, 전세 사기가 걱정되기도 하고, 평생 살았던 일산을 떠나는 게 아쉽기도 하면서 드디어 월세를 탈출하고 전세로 넘어간다는 사실에 기쁘기도 했다.

물론 너무 갑작스러운 결정이 아니냐고 걱정하는 목소리도 있었다. 요즘 같은 시대에 전세는 잘 알아보고 계약을 해도 모자랄 판에 왜 그렇게 급하게 가느냐, 이전에 살던 집 계약이 끝날 때까지 만이라도 기다려라(월셋집의 계약은 무려 8개월이나 남아있었다), 아무 연고도 없는 송도라니 친구들이나 엄마랑 그렇게 멀어져서야 되겠느냐…. 웃긴 얘기지만 아마 내 주변 누군가가 나와 같은 수순으로 일을 처리한다면 나 같아도 말렸을 거다. 솔직히 나는 도망치고 싶었던 것 같다. 20년 넘게 살아온 변함없는 도시로부터, 쳐내고 싶어도 자꾸만 마주치는 질긴 인연으로부터, 하루하루 나를 조여오는 좁고 어두운 집으로부터. 아직은 새집 새 동네로 간다고 히죽거려도 2년 후에 울상을 하고 있을 수도 있겠지. 하지만 나중에 땅을 치고 후회해도 어쩌겠어. 내가 한 결정인데.

전세 계약을 하며 처음 알게 된 것들도 무척 많았다. 전세권 설정, 융자, 전세 보험, 근저당…. 돌아서면 잊어버릴 단어들이었지만 산더미 만한 걱정 앞에 밤새 눈이 아프도록 읽고 또 읽었다. 능구렁이 같은 부동산 중개인에게 친근한 농담을 쳐가며 복비도 10만 원가량 깎아봤고, 이 근처에 집이 몇 채는 있다고 거들먹거리는 중년 남성과 임대인 대 임차인의 자격으로 마주 앉기도 했다. 다들 이렇게 어른이 되는 걸까.

집의 의미

: 숫뚜

집에 대해 책 한 권을 써냈을 정도로 나는 집을 정말 좋아한다. 내가 사는 특정한 집을 좋아하는 것이기도 하지만 엄밀히 말하면 '집'이라는 개념 자체를 좋아한다.

집은 사람들에게 정말 큰 영향을 끼친다. 나는 자취를 시작하며 그걸 깨달았다. 어느 집은 나에게 좋은 에너지를 주고, 어느 집은 나의 좋은 에너지를 빼앗아 간다. 물론 일방적인 것은 아니다. 내가 집에게 영향을 끼칠 수도 있다. 내가 힘들고 지치면 집도 엉망이 되고, 밝고 씩씩하게 지내면 집도 깨끗해지는 식이다.

그놈의 남아 선호 사상 때문에 나는 동생이 둘이나 있다. 그러니까 딸 딸 아들. 덕분에 나는 어렸을 때부터 늘 동생들과 투닥거리며 자랐다. 우리 가족은 늘 방 세 개짜리 아파트에 살았고, 식구는 다섯이니 누군가는 혼자만의 방을 가질 수 없었다. 나는 자연스럽게 여동생과 같은 방을 쓰게 되었다. 아무리 큰 방을 쓸지라도 책상 두 개에 침대 두 개가 들어가야 하니 바닥에 발 디딜 틈이 없는 건 당연한 일이었다. 나는 엄마를, 여동생은 아빠를 쏙 빼닮은 탓에 우리는 앙숙이었다. 서로 만나기만 하면 으르렁댔고, 그런 사람과 십 대 내내 같은 방을 쓴다는 건 정말 고문 같은 일이었다. 나는 집이 너무 싫었다. 나 같은 집순이가 집이 싫다고 할 정도면 내가 얼마나 그 공간을, 그리고 내 가족을 불편해했는지 짐작이 가리라.

내 나이 스물둘. 드디어 내 방이 생겼다. 고작 3평짜리 작은 방이었지만 나는 참 행복했다. 커튼도 달고, 난생처음 내 돈으로 침구도 샀다. 어디서 사 왔는지 모를 부모님 세대 취향의 이불만 덮어온 나이기에 내가 직접 침구를 고른다는 것만으로도 엄청난 인테리어를 시작한 것 같은 기분이 들었다. 그리고 스물셋, 앞선 이야기에서 말했던 것처럼 나는 갑작스럽게 집을 나오게 되었고 8평짜리 자취방이 생겼다. 오롯이 나만 쓰는 집. 나의 작았던 방과 다르게 그곳엔 화장실도, 주방도, 에어컨도 있었다. 무엇보다 모든 걸 내려놓고 솔직해질 수 있는 은

밀한 장소가 생긴 게 좋았다. 의무적으로 거실이나 부엌에 얼굴을 비출 필요 없이 한없이 침대 속에 틀어박혀 있을 수 있었고, 새벽 한 시에 들어오든 밤을 꼴딱 새우고 아침이 되어서야 들어오든 누구도 신경 쓰는 사람 없었다. 물론 경제적으로, 정신적으로 힘든 시기도 있었지만(꽤 길었다), 집을 가꾸며 마음을 다독였다. 나와 다른 사람이 가득한 세상에 시달리다가도 문을 열고 내 집에 들어서면 온통 내 취향으로 꾸며놓은 공간이 있다. 나는 내 집에서 자고 싶은 만큼 자고, 먹고 싶을 때 먹고 싶은 걸 먹고, 청소도 잔뜩 미뤄보며 내 공간을 만끽했다.

지금 돌아보면 어떻게 그렇게 손바닥만 한 집에서 먹고 자고 놀고 했을까 의아하지만 당시에 난 무척이나 만족했고, 행복했다. 전구도 내 손으로 갈고, 지저분한 하부장에는 시트지도 붙이고, 현관에 코일 매트를 깔고, 찢어진 벽지는 그림으로 가리면서. 집에서 일어나는 일은 그 어떤 것이든 나 혼자. 7층에서 1층까지 매트리스도 혼자 힘으로 옮기고, 전동 드릴을 이용해 천장에 구멍을 내 브라켓을 박고, 전등을 뜯어 꼬여있는 전선을 해체하고 새 전구의 전선과 다시 꼬아놓고, 덜컹거리는 상부장과 붙박이장 문짝에 달린 경첩을 드라이버로 꽉 조이는 일들. 언젠가 막내 이모의 '애가 얼마나 혼자 고군분투 하며 살았으면 그런 걸 다 혼자 척척 해내냐'는 말에 눈물이 핑 돌았던 기억이 난다.

그런 월세 생활 5년 끝에 나는 원룸에서 벗어나 방 두 개가 있는 집으로 이사를 왔다. 내 명의의 집이었으면 참 좋았으련만, 아직은 아쉽게도 전세다. 매번 지은 지 10년이 훌쩍 넘은 오피스텔에만 살던 나에게 신축 건물의 첫 입주는 정말 신세계였다. 어떻게 화장실에 곰팡이가 하나도 없을 수 있지? 어떻게 세탁기 고무 패킹이 이렇게 깨끗하지? 어떻게 벽지가 이렇게 하얗지?

전에 살던 집은 주방이 아주 좁았다. 8평짜리 방이니 방도 좁고 화장실도 좁고 다 좁았지만, 그중에 특히나 작게 느껴졌던 게 주방이다. 내가 팔을 양쪽으로 쭉 뻗으면 그곳 전체를 감싸고도 남을 정도. 한 칸짜리 개수대에서 나는 설거지도 하고, 야채도 씻고, 그릇도 말렸다. 너무 좁아 뭐라도 하고 나면 주변은 늘 물바다가 됐다. 세탁기에는 붉은 녹이 잔뜩 슬어있었고, 냉장고는 너무 오래되어서 고무 패킹이 헐거워진 건지 문이 꽉 닫히지 않았다. 늘 팔에 힘을 줘 한참을 꾹 눌러 닫았지만 내 노력이 무색하게도 날이 갈수록 성에가 잔뜩 생겼다. 냉동실은 상태가 더 심각해 얼음이 두툼하게 얼어붙어 원래 있던 공간의 반 정도밖에 쓸 수 없을 지경. 하루 날 잡고 얼음을 다 털어내도 금방 제자리로 돌아왔다. 붙박이장은 가끔 있는 힘을 다해 나사를 조여도 세월을 이기지 못하고 이리저리 뒤틀렸다. 생각만 해도 몸서리쳐지는 일이지만 바퀴벌레가 나온 적도 있다. 아무래도 번화가에 도시 자체도 오래됐고, 건물도 오래됐으니 벌레가 안 나오는 게 이상한 일이겠지만. 대낮에 내 엄지

손가락만 한 바퀴벌레가 천장을 기어 다니다가 내 침대로 떨어지는, 심지어 어느 정도 강도 있는 물체가 어딘가에 부딪힐 때 나는 '툭' 소리까지 내는 걸 단 한 번이라도 목격한다면 집에 대한 오만 정이 떨어지고 말 것이다. 방역 업체를 불러 트랩을 설치하고 소독을 해도 몇 개월이 지나면 또 언제 놈들이 출몰할지 전전긍긍해야 했다. 그리고 그런 상황들에 견딜 수 없을 만큼 염증이 나던 찰나에 새집으로 이사를 오게 된 것이다. 문자 그대로 '새집'.

짐을 정리하고, 새로운 물건들로 넓은 공간을 채우며 나는 다시 한번 집의 중요성을 느꼈다. 주방이 넓어지니 내가 좋아하는 그릇들을 여유 있게 수납할 찬장이 생겼다. 너는 그릇 하나를 꺼낼 때 아래위로 겹겹이 놓여있는 다른 그릇들을 몽땅 꺼냈다가 다시 넣어야 하는 바보 같은 일은 하지 않아도 된다. 웬만한 건 전부 보이지 않는 곳으로 정리할 수 있게 되니 개수대 쪽이 깔끔하게 정리되었고, 청소하는 건 더 쉬워졌다. 화장실도 마찬가지다. 이전 집에서는 이미 손쓸 수 없게 곰팡이가 피어버린 실리콘 마감과 누렇게 변해버린 타일 줄눈 덕분에 내가 락스를 사용해 아무리 닦아도 전과 큰 차이가 없었다. 하지만 새로운 집의 새 화장실은 너무나 하얗고 깨끗해서 머리카락 하나만 떨어져도 눈에 참 잘 띈다. 그래서 보이는 대로 바로바로 청소하게 된다. 깨끗한 벽과 바닥에 얼룩을 내지 않으려고 조심해서 생활하게 되고, 집은 커졌지만, 더 자주 즐겁게 물걸레질을 한다.

　내가 이 집으로 이사를 하고 5개월 정도가 흘렀을 때, 히조 언니도 새집으로 이사를 했다. 나는 언니가 이사를 하게 되면 내가 사는 집과 가까운 곳으로 오기를 내심 바랐지만, 언니는 나와 정반대의 지역에 정반대의 집을 구했다. 이미 나의 첫 번째 책 〈스물셋, 지금부터 혼자 삽니다〉에서 자세하게 썼지만 나는 다른 사람의 집에 놀러 갔을 때 그 집이 안에 사는 사람에 대해 보여주는 것을 무척 흥미롭게 관찰하는 편이다. 집에 들어가면 그 집에 사는 사람이 어떤 생활 패턴을 가지고 있는지, 어떤 성격인지, 어떤 취향을 가지고 있는지 알 수 있다. 그 사람의 이름 아래 열린 전시회 같은 느낌이랄까. 개수대에 잔뜩 쌓여있는 그릇, 지문 하나 없는 화장실 거울, 열 개는 족히 넘어 보이는 수저, 어두컴컴한 침실. 모든 게 집에 사는 사람을 설명하는 전시품이다. 그래서 나는 언니가 집을 구하고, 이사를 하고, 가구를 들이고, 방을 쓸고 닦는 모든 과정을 지켜보는 게 더 재미있었다. 언니는 이런 사람이구나, 하고 새삼 다시 보는 면도 있었다.

　내 집의 창문을 열면 왼쪽 끝부터 오른쪽 끝까지 주욱 늘어선 고층 건물이 보인다. 물론 그 앞에 커다란 공원도 있고 호수도 있지만 가장 먼저 시선을 사로잡는 건 전면이 유리로 되어 낮에는 햇빛으로 반짝이고 밤에는 불빛으로 반짝이는 빌딩들이다. 반면 언니 집의 창문을 열면 온통 나무가 보인다. 바람이 불면 나뭇잎이 속절없이 흔들리며 파도 같은 소리를 낸다. 눈으로 직접 볼 순 없지만 어딘가에 앉아있을 각종 신비한 새 울음소리도 온종일 들린다. 나는 집을 구할 때 가장 가까운 편의점이 어디에 있는지부터 찾는 사람이라 지금 사는 집 1층에도 24시간 편의점이 있지만, 언니 집에서 가장 가까운 편의점은 걸어서 10분이 조금 안 되는 거리에 있고, 그마저도 자정까지밖에 운영하지 않는다. 나는 벌레라면 때와 장소를 가리지 않고 소리를 지를 만큼 질색을 하는데, 언니는 자연과 가까이 살기 위해선 어쩔 수 없는 부분이라고 넘긴다. 내가 침실을 꾸밀 때 가장 신경 쓰는 부분이 '햇빛 차단'이라면, 언니가 침실을 꾸밀 때 가장 신경 쓰는 부분은 '간소화'다. 이렇게 그 사람이 사는 집을 오목조목 뜯어보면 그 사람에 대해 더 잘 알 수 있게 된다.

심즈^{sims}라는 게임이 있다. 집을 짓고 심^{sim}이라고 불리는 사람들을 키우는 게임인데 나도 한때는 그 게임에 푹 빠져있었다. 그 게임의 재미는 내가 키우는 심이 성장하는 데에 있다. 면접을 보고, 직장을 갖고, 연애하고 결혼을 하며 승진을 하거나 새로운 일을 찾기도 하고, 모은 돈으로 집을 증축하거나 이사를 하고, 아이도 낳고…. 만약 그런 성장이 빠지고, 그저 하루하루 심이 먹고 자고 싸는 것만 보고 있어야 한다면 당연히 게임은 재미가 없어질 거다. 그래서 모든 게임에 레벨업과 퀘스트가 있는 거겠지.

나는 문득 요즘의 내 삶이 재미있다고 느꼈다. 태어나서 처음으로 사는 게 재미있다. 내가 더 좋은 집으로 이사를 와서도 아니고, 경제적으로 안정되었기 때문도 아니다. 집 알아보는 것부터 대출, 이사, 인테리어 등 내 힘으로 무언가를 하나씩 깨 나가며 성장하고 있다는 느낌이 드는 게 즐겁다. 비록 내 돈보 다 은행에서 빌린 돈이 훨씬 많지만, 월 50만 원짜리 월셋집에 살다가 2억 정도 되는 전셋집으로 넘어오니 구체적인 목표도 생겼다. 요즘은 돈을 얼마큼 모아야 몇 퍼센트 대출을 받아 얼 마의 집을 살 수 있는지 현실적으로 계산해본다.

마냥 먼 훗날 이야기처럼 '집 사고 싶다'에서 끝나는 게 아 니라 '어느 지역에 있는 얼마짜리 집을 어떻게 사고 싶다'가 되 면서 커다란 목표가 생기고 삶에 동기부여가 되는 느낌.

며칠 전 히조 언니가 술을 마시며 물었다. 베베가 죽는다 면 너도 죽을 거라는 생각, 여전히 유효하냐고. 나는 이제 확 실히 대답할 수 없다. 아직까진 베베 없이도 잘 살 수 있을 만 큼 삶이 즐거워졌다고 할 수는 없지만 어쨌든 한 번 망설여 볼 정도로. 삶에 욕심이 생겼다. 집은 나에게 이런 의미를 가진다.

영혼의 단짝이 되기까지

: 히조

그러니까 숫뚜랑 내가 얼마나 다른 사람이었냐면, 이번에
도 어김없이 술을 마시고 누군가의 집으로 2차를 가던 종로의
한 골목에서 있었던 일이다. 적당히 기분 좋게 취해 2차 안주
후보를 고민하며 발걸음을 재촉하던 우리 앞을 얼굴이 술톤으
로 빨갛게 익은 중년의 남자 둘이 가로막았다. 그들은 술 냄새
를 풀풀 풍기며 "아가씨들, 우리랑 같이 가서 놀까?"라며 90
년대 드라마에서나 볼 법한 대사를 날렸고, 본능적으로 움츠
러든 내 옆에서 0.1초의 망설임도 없이 숫뚜의 고함이 터졌다.

"꺼져, XX 새끼들아!"

지금이라면 같은 상황에서 욕은 못 해도 "미친!" 정도는 날려주었겠지만, 당시의 나는 버스에서 내 허리를 더듬는 남자에게 말 한마디 못하고 자리를 피할 만큼 겁이 많았다. 그런 내게 숫뚜의 무조건 반사적인 반응은 여러 감정을 갖게 했다. 순식간에 가장 먼저 스치는 보복에 대한 두려움, 나보다 어린 동생이 가진 높은 전투력에 대한 놀라움, 시원함, 걱정, 부러움 등이 얽혔지만 그중 끝까지 남은 것은 고마움이었다. 적재적소에 터트려주는 숫뚜의 사이다스러운 면모는 나를 그 상황에서 벗어날 수 있게 해줬다. 만약 혼자였다면, 그래서 언제나처럼 아무 말도 못 했다면, 억지로 잠이 드는 순간까지 이불 속을 뒤척이며 답답한 마음을 쓸어내렸으리라. 그 순간의 내 침묵을 뒤늦게 후회했을 나를 생각하면 숫뚜에게 참 고마워졌다.

사람은 후회를 통해 성장한다고 생각한다. 당연히 후회하기 전에 올바른 선택을 하는 게 옳다는 건 알지만, 그게 어디 쉬운가. 후회를 통해서 더 나은 방향을 고를 수 있다면 그것도 현명한 선택이라 말할 수 있겠다. 후회의 밤을 겪으며 나는 위와 같은 상황에서 조금씩 입을 열기 시작했다. "아저씨, 집에나 가세요!" 정도의 소심한 방법이라도 내겐 큰 용기가 필요한 일이었으나, 그게 내 정신건강에 도움이 되는 일이라 판단해서였다. 단적인 예를 들었지만 이런 성격의 변화는 내 삶에 크고 작은 변화를 가져왔다. 불편한 상황 자체가 스트레스라 싸움은 피하고 보던 내가 이건 아니다 싶은 상황에서 화를 낼 수 있었던 건, 모진 사회 풍파에 깎여나가 날카로워진 마음 외에도 슛뚜의 영향이 분명히 있었다. 물론 나는 아직도 갈등은 피할 수 있으면 피하자는 주의다. 사람은 쉽게 변하지 않으니 말이다.

매일같이 붙어있는 사이라는 걸 알아서인지 주변에서 슛뚜와 싸우지는 않냐고 간혹 물어온다. 나는 단호하게 말한다. 밤낮으로 붙어있어도 싸우지 않는다고. 술을 좋아하는 둘이 만나 취했던 셀 수 없이 많은 밤에도 말다툼조차 일어난 적이 없었다고. 잘 맞는 것과 맞지 않는 것 사이에 애매한 것이란 교집합이 없이 확실히 갈린 우리가 어떻게 10년이 가까운 시간 동안 그럴 수 있었을까. 얼마 전, 슛뚜도 나와 비슷한 질문을 받아 이렇게 농담 섞인 대답을 했다고 한다.

"다른 점은 분명히 있지. 그런데 예전엔 '왜 이렇게 다르지?'라고 생각했다면, 이제는 다른 모습까지 사랑하는 단계가 된 것 같아."

보통은 틀어진 관계의 원인 정도로 사용되는 '다르다'는 말이 이렇게 다정하게 쓰일 줄이야. '다르다'는 참 다양한 핑계를 뒷받침한다. 우리는 달라서 안 돼, 달라서 그랬어, 다르니까 어쩔 수 없어. 관계는 아무리 잘 맞는 사이라도 모든 게 같을 순 없으니 차이가 생긴다. 또한 "이렇게나 달랐지만, 지금은 비슷해졌어요!"는 동화 같은 이야기다. 현실 세계에 사는 우리는 8년이 지난 지금도 매우 다르다. 문제는 이것을 받아들이는 방법인데, 분명 내가 그랬듯 숫뚜도 우리의 다름에 대해 생각하는 밤을 지나왔을 것이다. 말을 할까 말까 고민하고, 조심스레 꺼내어 놓고, 상대의 반응을 걱정했던 날이 우리의 시간 중간 중간에 사잇돌처럼 끼워져있다. 우리는 함께 술 마실 때 가장 행복하고, 언제 만나도 걱정 없는 사람처럼 웃을 수 있지만, 모든 관계는 노력 없이 평온할 수 없다는 걸 각자의 뼈아픈 경험을 통해 알고 있다.

그래서 우리는 서로의 다름을 이해하기 위해, 친해질수록 함부로 하지 않기 위해, 아는 만큼 소홀하지 않기 위해, 가깝다고 침범하지 않기 위해 노력한다. 서로가 모르게 노력한 순간들이 있었다는 걸 알기에 우리는 그 시간이 더 소중하다. 처음부터 같을 순 없고, 같다고 다 같을 순 없고, 같지 않다고 해서 나쁠 건 없다. 우정이란 천천히 자라는 식물과 같아서 이름을 지어주기 전에 역경을 이겨내야만 한다는 누군가의 말처럼, 8년의 세월이 지났을 때 내 곁에 이런 짝꿍이 남아있다는 걸 예측할 수 있다면 아무리 큰 역경이 온다 해도 대수로운 일인가 싶다.

영혼의 단짝에게

: 숫뚜

당신은 자존감이 높은 사람인가요?

이건 참으로 답하기 어려운 문제다. 나는 아직도 잘 모르겠다. 머릿속에서 예/아니오 두 가지 대답이 엎치락뒤치락하며 엉겨있다. 나는 나를 사랑한다. 나를 믿고, 응원하고, 지지한다. 하지만 나는 분명히 푹 젖어 찢어져 버린 종이 같은 구석이 있고, 열등감을 가지고 사람들을 대한다. 주변 모든 사람이 승승장구하고 모든 일이 잘 풀린다면, 나는 과연 순수한 마음으로 축하만 해줄 수 있을까? 왜 나는 그렇지 못하냐며 악을 쓰진 않을까? 질투는? 그러다가 자책을?

이건 언제까지고 현재 진행형일 물음이고 나는 답을 안다. 나는 축하만 하진 못할 것이다. 그 사람의 불행을 바라는 게 아니라 그러지 못하는 나에게서 나오는 치졸함이다. 알지만 어쩔 수 없다. 나는 그냥 그런 사람이다. 나는 이기적이고, 자기 연민이 심한(내 장점에 대해서는 지면을 꽉 채울 수도 있으니까 너무 부정적이라고 걱정할 필요 없다) 사람이다.

하지만 요즘은 꼭 그런 건 아니구나 싶은 게, 예외가 생겼다. 나와 너 각각의 행복이 아닌 우리의 행복을 추구한다. 자본주의 시대에 걸맞도록 쉽게 표현하면, 16억 로또에 당첨된다면 기꺼이 8억을 뚝 떼어 히조 언니에게 보낼 거라는 얘기다. 물론 내가 언니에게 이만큼의 감정을 가지게 된 것은 순전히 언니가 가지고 있는 성격 덕분인데, 언니는 예민하고 감정 기복이 심하고 자존심도 더럽게 센 나를 항상 잘 받아주고 다독여주고 이해해준다. 생각이 많고 머릿속이 복잡한 나는 뭐든지 세 번씩 생각하고 다양한 가능성을 열어둔다. 언니의 속마음이 이건 아니었을까, 저건 아니었을까. 멋대로 지레짐작하기도 하고 그 끝엔 혼자 우울해지기도 한다. 하지만 솔직히 마음을 털어놓고 나면 언니는 꼭 이렇게 답한다.

"나 그렇게 복잡하게 생각 안 했어."

그런 언니와 함께 지내다 보면 나 자신이 부끄러워지기도 하고, 더 좋은 사람이 되고 싶기도 하고, 더 잘해주고 싶은 마음이 솟구치기도 한다.

하지만 나는 사람 사이의 거리가 얼마나 종잇장 같은 것인지 잘 안다. 어제까지만 해도 평생 함께하자고 사랑을 속삭이던 연인이 오늘은 상대의 뺨을 치고 저주를 퍼붓는다고 해도 이상할 게 없다. 인간관계는 한없이 가볍고 허울뿐인 말이므로. 그러니 더 이상 '우리 평생 친구 하자'라든가, '늙어서도 이렇게 다정한 안부를 묻자' 같은 책임질 수 없는 약속은 하지 않기로 한다. 나는 매일 아침 눈을 떠서 캄캄한 밤이 되기까지 오늘이라는 이름 아래 너에게 내가 할 수 있는 최선을 다할 것이고, 가끔은 그게 서툴거나 틀리더라도 다시 아침이 밝으면 늦지 않게 사과하고 반성할 뿐이다.

2주간의 합숙을 마치며

: 히조

숫뚜는 내게 이따금 흥미로운 VS 게임을 던진다. 예를 들어, '한국에서 매달 1,000만 원씩 받으며 살기 vs 돈 안 받고 영국에서 살기', '빚없는 방 안에 갇혀서 한 달 동안 인터넷 없이 살고 1억 받기 vs 그냥 살기' 같은 걸 결정하는 놀이다. 우리는 주로 탑승을 기다리는 공항에서, 낯선 여행지의 카페에서, 은행에서, 우체국에서 이런 게임을 한다. 게임이 끝난 후 받은 1억으로 무엇을 할지 상상하는 것만으로도 시간이 잘 가기 때문이다.

함께 책을 쓰자는 이야기는 꽤 오래전부터 했지만 여러 사정으로 기약 없이 미룬 것 중 하나였다. 언제나 그렇듯 모든 결정엔 약간의 충동이 필요해서, 우리는 그날도 단골집에서 함께 술을 마시다 이번엔 정말로 우리의 이야기를 책으로 엮어보기로 했다. 삼겹살 쫄면에 소주를 세 병쯤 비우며 그 자리에서 목차를 정했다. 신입생 때 만나 인생의 암흑기를 함께 보내고, 견디고, 살 만해지고, 또다시 견뎌온 우리의 지난 인생의 그래프에서 유난히 뾰족한 것들을 뽑아냈다. 우리가 함께 울고 웃었던 8년의 시간이 한 장으로 요약됐다. 추억을 건져내고, 곰곰이 되짚어보고, 가끔은 부끄러워하며 글을 쓸 시간이 기다려졌다. 목차를 읽고 또 읽으며 근질거리는 손가락을 술잔으로 달랬다. 하고 싶은 이야기는 차고 넘쳤다.

얼마 후 나는 작은 여행용 가방 하나를 끌고 숫뚜의 집으로 들어왔다. 2주 동안 함께 머물며 글을 쓰기 위함이었다. 아무도 시키지 않았고, VS 게임으로 대가를 받는 것도 아닌데 지독한 두 집순이의 만남으로 자연스럽게 칩거 생활이 시작되었다. 각자의 분량을 빠르게 나누고 컴퓨터 앞에 앉았다. 닳고 희미해졌을 거라는 걱정이 무색하게도 막상 키보드를 두드리니 수년 전의 일이 그날의 날씨며 입었던 옷까지 생생하게 떠올랐다. 어제 먹은 점심 메뉴도 가물가물한 나에게는 기이한 현상이었다. 간혹 누군가 글을 쓰다 머리가 하얘져도 둘 중 한 명은 꼭 기억하고 있었다. 역시 백지장도 맞들면 나았다.

프리랜서 생활을 하며 의식적으로 규칙을 지키려고 노력해도 끼니를 제때 챙겨 먹는 일은 참 어렵다. 귀찮아서 미루다 보면 점심을 훌쩍 넘겨 애매한 시간에 폭식하기 일쑤였는데, 이런 프리랜서 둘이 함께 일하며 서로를 챙기다 보니 어디를 가서도 "밥은 정말 잘 챙겨 먹었어."라고 말할 수 있게 됐다. 아침엔 빵과 달걀에 잼이나 우유를 곁들이고, 오전엔 글을 쓰다가 점심엔 김치찌개를 끓여 먹고, 또 글을 쓰다 입이 심심하면 1층의 카페에서 따뜻한 음료를 사서 올라와 책을 읽거나 낮잠을 잤다. 일과 삶의 균형이 조화로웠다.

우리는 틈만 나면 서로가 쓴 글을 읽었다. 그때마다 휘청이는 과거의 우리를 안쓰러워했고, 서로가 있음에 감사했고, 그런 날의 밤이면 우리의 이야기를 안주 삼아 술을 마셨다. 술을 마실수록 하고 싶은 이야기가 더해졌다. 동네를 벗어나지 않는 2주의 시간이 지루할 법도 한데 그저 하루하루가 흘러가는 게 아쉬웠다. 지금의 시간을 많이 그리워하게 될 거라고, 우리는 취한 밤 아무도 없는 송도의 새벽 거리를 걸으며 예감했다.

애초에 의도한 게 없었으므로, 우리는 이 책에서 같은 이야기를 하기도하고 완전히 다른 이야기를 하기도 한다. 어느 것 하나 오답 노트나 컨닝페이퍼가 되지 못한다. 우리는 처음 책에 대해 머리를 맞대고 고민할 때부터 우리의 고민을 있는 그대로, 정답을 제시하거나 결말을 짓지 않고 쓰자는 것에 이견이 없었다. 우리는 팍팍한 현실의 꼬리표 같은 우울을 극복해야 한다고 말하고 싶지 않다. 내가 가진 그늘을 억지로 벅벅 지우다 얼룩을 남기고 싶지 않다. 책을 열며 숫뚜가 말했듯, 그저 이렇게도 살 수 있다는 걸 보여주고 싶었다.

나는 가끔 사는 게 적성에 맞지 않는다고 생각한다. 죽고 싶다기보단 사는 게 귀찮다. 바쁘고 치열한 것에 희열을 느끼다가도 한 번 넘어지면 일어서는 게 쉽지 않다. 삶의 어느 순간엔 이런 게 행복인가 싶다가도 현실로 돌아와 '그럼 그렇지' 하게 된다.

그럼에도 나는 살고 있다. 어떨 땐 꾸역꾸역이 아닌 것도 같다. 시간을 먹으며 얻은 것 중에 나만 알기 아쉬운 몇 가지가 있는데, 그중 하나는 꾸역꾸역이 아닌 삶을 만들어주는 게 대단한 무언가가 아니라는 사실이다. 100%의 행복도 필요 없다. 인류애가 사라질 정도로 사람에게 치인 날 저녁, 나를 위해 술을 사준다는 친구의 한 마디가. 악성 댓글로 마음을 다친 날 내 영상으로 위로받는다고 말해준 이름 모를 누군가의 친절이. 텅 빈 지갑이 나를 초라하게 만든 날 자기 전 읽은 책에서 찾은 끝내주는 문장이 나를 흘러가게 한다. 이렇게도, 저렇게도 살 수 있게 한다.

거르지 않은 우리의 진심 중 어느 하나라도 오늘의 당신을 그런대로 살 수 있게 만든다면, 우리가 책을 쓰며 들인 시간과 VS할 바가 아닐 거다.

여생, 너와 나의 이야기

초판 1쇄 발행 | 2020년 07월 10일

글 | 숫두(@sueddu) 그리고 히조(@hxxjo)
그림 | 함주해(@haamjuhae)

펴낸곳 | Deep&Wide
발행인 | 신하영 이현중
도서기획 | 신하영 이현중 김한욱
편집 | 신하영 이현중 김한욱

주소 | (03971) 서울특별시 마포구 성미산로1길 21 사울빌딩 302호
이메일 | deepwidethink@naver.com
ISBN | 979-11-971049-0-9

이 도서의 국립중앙도서관 출판예정도서목록(CIP)은 서지정보유통지원시스템(http://seoji.nl.go.kr)과 국가자료종합목록시스템(http://www.nl.go.kr/kolisnet)에서 이용하실 수 있습니다.